小说

六月孩儿

路全国 ◎ 著

当代中国出版社
Contemporary China Publishing House

图书在版编目(CIP)数据

六月孩儿 / 路全国著. -- 北京：当代中国出版社，2015.5

ISBN 978-7-5154-0585-8

Ⅰ.①六… Ⅱ.①路… Ⅲ.①短篇小说-小说集-中国-当代 Ⅳ.①I247.7

中国版本图书馆 CIP 数据核字(2015)第 034505 号

出 版 人	周五一
责任编辑	陈立旭
责任校对	康　莹
装帧设计	创世禧图文设计
出版发行	当代中国出版社
地　　址	北京市地安门西大街旌勇里 8 号
网　　址	http://www.ddzg.net　邮箱：ddzgcbs@sina.com
邮政编码	100009
编 辑 部	(010)66572264　66572132　66572154　66572434　66572180
市 场 部	(010)66572281 或 66572155/56/57/58/59 转
印　　刷	北京润田金辉印刷有限公司
开　　本	640×960 毫米　1/16
印　　张	10 印张　2 插页　120 千字
版　　次	2015 年 5 月第 1 版
印　　次	2015 年 5 月第 1 次印刷
定　　价	28.00 元

版权所有，翻版必究；如有印装质量问题，请拨打(010)66572159 转出版部。

目录
CONTENTS

六 月 孩 儿 /1

粮 商 /41

暗 恋 /81

缘 分 /117

六月孩儿

若说这孩子生在贫家,六个月生也罢,五个月降也罢,奇便奇,异便异,任去笑谈,亦不怕闲言碎语。生在豪门就非同一般,难免舆论纷纷,一片哗然。

这事一个月以后,街谈巷议仍在叽叽呱呱之中。

一农夫说:"天下女人哪有六个月生孩儿的,我看不是娶的姑娘,倒是引来一个带肚妇。"

好事的小伙子说:"照这样说,六个月的孩儿原是别人的种呀,哎哟哟,六月孩儿这项绿帽子,一下子就给老泰和儿子扣牢了。"

好事不出门,丑事传千里。数日里,整个北镇沸沸扬扬。秦家大院更是愁云密布,恐惧四围……

一

清光绪元年,冀中平原有一镇,名唤北镇。

北镇有民千户。镇内有一财主,姓秦名和泰,字平年,百姓常称其"老泰"。

老泰房产聚于镇东南角,占地十亩。高门大宅,四合院相衔,错落有致。明式门楼,蓝砖灰瓦。青石铺路,阶筑十层。木式框架,神工鬼凿。雕龙画凤,耀人眼目。红灯高悬,流苏飘逸。此院四季常鲜,又加魁伟耸立,在北镇犹如鹤立鸡群。

老泰家有田亩千顷,延之外县数十里。在二州三县具有当铺、粮行、布行、旅店、酒楼,且店堂商行各建私宅数座。真个是粮积钱聚,家资巨万,产业广延,有鸦飞不过的田宅,贼扛不动的金银,被誉为州县财主之首。

冀南平原亦有一镇,名唤南镇。镇亦有千户人家,有一药商,姓董,名善堂,字百和,人送雅号"老善"。

老善是三代行医世家,传承至此,药业兴旺。通一府一州三县,药堂之最还属董家。董家宅院为镇中首户,四合庭院占地十亩。院套院,楼接楼,错落雅致。楠木竖柱横梁,雕栏画栋,色彩艳丽,醒目辉煌。居住主次有别,男佣女婢相隔,泾渭分明,不相往来。

董家在州县设药堂六处,管家、医师、司药百人之多。进药之径北有安国，南有亳州，东出关东，西至山西之远。既行医兼卖药，经营之得，可达日进斗金。凡雇一应人员，在职重金聘用，老辞亦有养老之资俸给。常供养老者二三十人，每人每月供奉三五两银不等。为此众人无不施勤尽职，不敢有惰态偷懒之行。

且说北镇秦老泰，自幼念过几年私塾，承祖上教训，尊崇儒学之道，诚信三纲五常，三从四德，并以此信条持为发家之本。夫人王氏，与他同庚，年五十岁。三十岁生一独子，取名文生。文生七岁入学，十五岁中秀才。因社会动乱，上下污淖，听从父命，协父料理家业。文生倍受父亲影响之深，父前唯命是听。大庭广众前总唯唯诺诺，不会多进一言，举止从不敢越雷池一步。荏弱之质被众冠以孝子之名。

文生虽荏弱，但非愚，能写会算，资性聪明伶俐。二十岁出箨得面阔而饱满，口方而端正。头圆如满月，耳垂鬓生辉。眉间清气常驻，貌似潘安宋玉。

秦老泰有一管家姓刘名温，人送绰号"老温"。老温自幼与老泰乃是私塾学友，小老泰一岁。因家贫只读书一年就辍学，跟随父亲躬耕田陌，后文化的长进全凭耕余勤学所得。学得能写会算，能言善辩。十五岁就入秦家做工，吃苦耐劳，忠厚善良，乐于助人，深得老泰赏识。老泰常与老温兄弟相称。老温虽不失贫苦本色，但仍以奴效忠秦家，即奉行秦荣我荣，秦衰我衰的宗旨，决不亏心欺主。

董老善少年跟父学医，至成立就以仁慈心卖药行医，接人待物，笃信诚实，德高望重。富裕不骄，名美不张。董老善有一儿一女，儿子董雪松，打理六处药业。女儿董寒梅，从七岁起，董老善就延教授在家设馆，教女儿读书识字。从诸子百家，至唐诗宋词，及至元代文章，皆能口诵背写，并能立笔独篇，堪为当地才女。十五岁跟父学习医学，黄帝内经，百草纲目，反复研习。对华佗历史医学名家所传的疗法，俱能深思熟虑，流传千年的望、闻、问、切，细探究竟。她常随父亲坐堂，践行父亲所传妇科、儿科的秘方。久而久之，善察多种疾病，更侧重疗理妇科的妙方。

是年，寒梅芳龄十九岁，生得如花似玉，站于花前，花儿就像与她说话。戴上玉镯，玉也要沾染她的馨香。面如满月，发如乌云。虽不浓妆酽施，总显动人容颜。并非舞眉弄姿，尽露自然风韵。俊眼亮眸，藕腕笋指，天生得俊俏端严，真是个镇里老少稀罕，君子艳羡。

这南北二富翁，虽遥距百里，但数年来生意交往，场面接触，彼此之间，各自境况无一不知。秦老泰偶见几次老善之女，老善也面识老泰儿子多次，两家欲有谈婚论嫁之意，碍于自尊，皆羞涩启齿，常处心照不宣之状。猜透二翁心事者，当属管家老温，从中牵线搭桥，将亲事撮合而成。

那时代，男婚女嫁，多为父母做主，当是门当户对方可。女方亦求男方品貌端正，父母遵女儿之意，总邀未婚之婿至家，使女儿伺机偷觑，以品头论足。当然女喜男惬，婚嫁成熟，天成宇配，无不称心如意。

婚姻一就，两家欢忭无比。老泰谴老温前往相商，择次年阳春三月某日，完成花烛之喜。此后，两家掐指数日，踮脚企盼。

婚娶那日，天朗气清，云淡风轻，真良辰吉日。迎亲队伍，四抬大轿，大马数骑。迎前跨骏马者，披红挂彩，乃新女婿秦文生。器乐悦耳，彩旗飘飘。百十里路，锣鼓喧天，鞭炮齐鸣，震天动地，迎亲气派可见一斑。

出嫁的车辆，一字长蛇阵，四辆轿式大车，尽装绸褥缎被，锦衣锦袍，式样家具珍品。只见箱挨箱，包摞包。寒梅出嫁，爹娘赠一名贴身丫鬟，名叫春柳，寓轿内偎坐姑娘一旁。她怀抱百宝箱，内装珍珠玛瑙，金钏银钗，金麒麟，玉仙童，可谓珠光闪烁，宝色生辉，价值百田四宅。

洞房之内，玉炉喷沉麝之香，幔帏轻垂流苏之带，软垫厚铺，锦被横压，绸帷四裹，香气沁人肺腑。

搀新人进入洞房，揭开盖头，二人对坐相觑，女臊男羞，暗送秋波。只听见外面窗纸捅破了，房门推开了，男挤女拥，看新娘者络绎不绝。才女之美貌，屋亦耀眼，院亦生辉。

二

秦家娶了个好媳妇，震动了全镇。这位好媳妇，不久便引出一段离奇的事儿，轰动四邻八乡。

三月娶妻，当月怀胎，按理并非怪事，亦无可非议。怪异在怀胎六个月降生，就成了奇闻。有道是七月八月已够早熟之儿，六月生孩岂不咄咄怪事儿，就连寒梅懂医之人，生下六月孩儿非但没夭折，却白胖沉重，她也莫名其妙了。

那还是秦老泰得知儿媳怀孕初期，真喜形于色，不易言表，盼孙心切，不亚于文生盼儿。在外催租查账，路上与管家老温聊天，过去只是租佃账目之事。而今，三言两语，就被儿媳妊娠的主题所牵。

老泰问："你能写会算，给算算文生媳妇生男生女？"他诨言相激，"能算准，我就服了你。"

老温睖一眼于老泰，明知答主何话才可取悦他，可又怎么能瞎蒙胡诌，只好委婉以答。

老温说："我即便能算个天下雨，地刮风，可真算不出女人生孩儿的事，你呀，还是请算命先生吧。"

老温在家问夫人："现在是几月啦？"

夫人说："几月了，你算算——有你这么心急的吗，还差仨月哩。"

晚上，他躺在床上，含糊不清重复着夫人的话"还差仨月哩"在梦乡里，还呓语连篇"我的宝贝，我的乖孙子……"

当老泰在梦境，夫人似睡非睡之时，忽然窗棂被击得咚咚响，只听窗外文生急促在喊爹呼娘，说寒梅要生了。

"什么，生，生……快叫接生婆呀！"老泰如梦初醒，脑海里一片空白，只有早就运筹的这句话说得更麻利。

夫人焦急万分地说："叫李嫂赶紧准备大小铺垫，让王婶儿烧开水，煮剪刀。快去快去！"

老两口紧穿急束走出房间，直奔儿媳房间而去。

整个院子，男的女的，老的少的，如火烧眉毛。挨出挨入，高呼小叫，忙个不停。老泰夫妇见众人忙得不可开交，只觉得眼睛也看花了，喉咙也喊哑了，可谁也不听他的指挥，往日那尊严此时尽威风扫地，不起半点作用。

只听寒梅屋里传出哇一声婴儿的哭啼，屋外众人皆踮脚翘首，瞪目竖耳，只听接生婆连喊带嚷道："生啦，生啦，是一个白胖的小子。"接生婆手舞足蹈从屋里跃出："真好福相呀！"

那声音从屋里频传出的一刻，早有管事的将一把把糖果撒向众人，你争我抢，热闹非常。

当人们喧闹之际，老泰却在一角踱来踱去，不吭一声，至人散之后，院里鸦雀无声之时，他想起他数的日子："还差三个月，还差三个月呀,这不才六个月么,怎么生了个六月孩儿呢?"

六月坠地孩儿,像卧在他面前的一只虎,他被惊吓出失色之状。已经忘记迈步回房,只显得失魂落魄,像落水爬岸的老鼠不知所措。

他回到自己房间,便觉露声无妨,疑问就如六月深夜的高粱秆,响出清脆的拔节声。他自言自语道:"生男也罢,生女也罢,怎么偏偏给生个六个月的孩儿,有六个月生孩儿的吗?"他像想起什么,仍自语道:"常言说'七成八不成',口有传,书有载,倒也不奇。只是六月生孩儿百年未闻,百里无传,这叫从何说起呀!"

这时的老泰就像脑袋灌进雾水,而这头雾水却叫他随波逐流漂向一条邪径,只有这条邪径上才能找寻解疑儿媳、孙子的答案。他不愿要这样的答案,而似乎这个答案才是正确的。他再次发出愤懑的自语:"只怕这小孩不姓秦!"

此时,管家老温蹑手蹑脚推门踏进,对垂头丧气的老泰一拱手,说:"向大哥贺喜。"

怒气未消的老泰,头不抬,眼不睁,说:"贺什么喜?是你喜,我喜,还是旁人喜呀?"

老温满脸疑惑说:"怎么,不愿先结果,乐意先开花呀,我看你是乐极生悲了吧。"

"你成心气我,看我笑话不是,"老泰极其严肃地说,"六月孩儿,你不觉得怪吗?"

聪明的老温并非没想到六月孩儿的蹊跷,但蹊跷归蹊跷,若论寒梅的人品,总不是别人的种吧。不管六月孩儿,五月孩儿,总是秦家的骨血,会错到别家不成?联想秦老泰的儒理多疑之心,不免心中抖颤。这问题还真蕴含着危险的信息。他也只是觉得奇异而已,老泰可是有恐惧之心。一个坦然,一个惊慌,必然会产生两种结果。老温心里暗暗祷告着:千万别弄得祸起萧墙呀。自古以来,多少富豪之家，因祸起萧墙搞得家破人亡啊！

老温了解老泰的脾气，再说下去不知多么尴尬，只好默不作声迈出屋去。

三

若说这孩子生在贫家，六个月生也罢，五个月降也罢，奇便奇，异便异，任去笑谈，亦不怕闲言碎语。生在豪门就非同一般，难免舆论纷纷，一片哗然。

这事一个月以后，街谈巷议仍在叽叽呱呱之中。

一农夫说："天下女人哪有六个月生孩儿的，我看不是娶的姑娘，倒是引来一个带肚妇。"

另一老妇说："带肚妇当作黄花姑娘娶，嫁者愿嫁，娶者愿娶，嫁者清，娶者迷，秦老泰想早抱孙子，老天爷偏给他个野种，你说这不是天意是什么？"

好事的小伙子说："照这样说，六个月的孩儿原是别人的种呀，哎哟哟，六月孩儿这顶绿帽子，一下子就给老泰和儿子扣牢了。"

好事不出门，丑事传千里。数日里，整个北镇沸沸扬扬。秦家大院更是愁云密布，恐惧四围。寒梅想不明，文生弄不懂，老泰愁不尽。秦老泰脚没出过二门，大门口像被贴上封条，一应外事均由老温一人奔忙。他和儿子在一处只管"研究"六月孩儿的话题。那种抱怨、嗔怒、埋怨的气氛常充斥客厅。

老泰问夫人："你听说过六月孩儿的事没？"

王夫人只是摇头，不置可否。

他诘问管家老温，老温说："我向你保证，董家的姑娘是贞洁的。"他解释说，"谁不知寒梅做姑娘时，足不出户，身不外移，深藏闺阁——她家凡男不可登女楼，凡女不可外引，姑娘面如花，手如玉，哪个不知，谁人不晓。"

老泰说："你给我解释一下六月孩儿的缘故。"他很自信，"我给你讲，天下的事儿壁有瑕疵，水无真清，只恐这六月孩儿与我秦家无关，非是我家血脉。我恳你近日细细去访问，望能给我个确切的答复。"

老温站在一旁哭笑不得。他知道老泰要什么答案，但那个答案是错的。

是时，窗外有耳，寒梅的贴身丫鬟春柳，在此经过，听得一清二楚，她向屋内狠狠的摩拳擦掌，真想去扇秦老泰俩耳光，她恨老泰对寒梅的侮辱，搥胸顿足气愤不已。她急切切走进寒梅的房间。只见寒梅坐在床沿，微低头向着娇儿，泪如断线珍珠，话儿凄凄，自言道："我的小继儿，"这是老泰早已起的名字，"你生的不是时日呀，你怎么在娘的腹中长得那么快，又是那么的壮。六个月生下你，娘也弄不懂呀，只是天知，地知，神知呀。可天不能言，地不能语，神不能见。娘虽知你是秦门之后，娘的话由谁能听，你的生命有谁来护。我可怜的孩子，苦命的孩子，娘生你只恐难逃一劫呀！"

春柳奔向寒梅，痛哭失声，只见她泪流满面抱着姑娘的腿说："我的好姑娘，你万不可这样说，你是董家的好姑娘，继儿也是秦门的亲骨肉。姑娘自幼长大，父母没喷一声，没丑一指，视作掌上明珠，疼爱有加。他二老若知你在此受屈，倍受他人奚落，岂不肝肠寸断，痛心疾首。况怀中少爷生得如此光彩，眉眼似姑娘，面目如其父，器宇之气有爷爷之神。至于六个月生孩儿，轮年对月由不得人事，你问心无愧，任凭去说，不可将别人的唾沫当污水玷污你花一样的身子呀！还有天下怪事多了，六月的雪，三九的雨，谁能说出它的因由。你说孩子生的怪，谁能说出为什么怪，我看是少见多怪而已，不去理睬。常言说得好，'是非天天有，不听自然无'。"

寒梅静静听，细细得想，思谋这丫头才十五岁，竟如此通情达理，当是刮目相看，而越觉亲昵贴身。

就在同时，老泰在客厅里，不顾夫人和儿子的劝慰解释，态度异常狂躁，几乎是暴跳如雷，声嘶力竭地喊道："我不要听你们说，我不能容这野种、孽种，把祖宗的脸面，我的脸面，秦家的门面都荡尽扫光了。"他指着儿子说"你说怎么办，依我看当断则断，不断则乱，你们得给我个法子。"文生不知父亲要什么法子处理这件事，看来法必然要父亲去设计。

院子里有人听到老秦在嚷，具愤愤不平，他们不忍看到寒梅受到伤害。寒梅自进秦家，平等待人，常施医、施惠于苦难佣人。她善良、宽厚、谅解人，赢得众人爱戴，大院里赞誉她正派气一身，睿智神流溢，言与行一体。是位难得的好姑娘、好媳妇。要不窗外有人说老泰不识好歹，死要面子活受罪，有他后悔的时候。

四

多日来，寒梅心事重重，闷闷不乐。恰好临近重阳节，借此告请公婆回娘家省亲，不料爽快被应允并择日前往。

这日午饭后，老泰独遣老温持缰驾车送行。一应物品早在昨晚由丈夫收拾停当。被褥无须多少，童被童衣应时几件即可。倒是包裹沉甸甸的，由丈夫亲手送至车厢，夫妇二人挥泪而别。老温急放下车帘，扬鞭之时不免狐疑：文生为何不去亲送。

老温观主人神态异样，虽送至门口，秦老泰那种颐指气使，一反常态的神韵，真叫他不可思议。老温陡起一种腻烦之心，策马扬鞭，速速离开这令人惊恐的豪门大院。

遥望百里之路，午后方才起程，且弱女幼孩儿，老温却感远载不轻。多亏丫鬟春柳相随，柔语欢言聊以自慰。老温见路途坎坷难行，哪敢纵缰疾驶，不免稳驾缓走。他按主人的嘱咐，住宿王家店，次日到南镇即可。

日落西山，薄暮近庭，老温将马车赶进王家客店。这是个百年老店，老泰和老温住有多次，店主也相当熟悉，招待如此贵人，自然十分周到。车马交店主伺管不必多说。叫店主选两间上房，寒梅孩子和春柳一间，老温居于隔壁。

是夜，老温因寒梅生个六月孩儿的事儿，心中不免纠结，又更为寒梅的委屈愁肠郁闷，倒在床上，头昏昏欲睡难眠。丫鬟春柳自别秦家大院，如鸟出樊笼一般，在床一角早入梦乡。只有寒梅将婴儿喂饱，轻置自己身边。看见床头沉沉一包，随手牵过，将其解开，以看内装何物。不看便罢，只这一看，惊走六魄销掉三魂。陪嫁匣里有休书一张，展开由默念至诵读，浑身颤抖，口不成句。休书写到：

不良女董寒梅，情不正，身不洁，嫁之秦家已怀孽种，六月生孩儿足以为证。我秦家世代清明，董女腹孕野种撞我门庭，上辱我祖宗之誉，下毁我父之名，孔圣之家岂容污垢，必以清除。计较万千，百般无奈，休书一纸，立字为证。

文生
光绪某年某月某日

只听啊呀一声,哓哓之嚷,惊屋动床,口喊:"我的夫呀,我的儿呀,我杀人的天呀!"喊完气堵咽塞,昏倒在床不省人事。似这炸雷般一声呐喊,惊骇继儿,触醒春柳,惊来老温,恐吓了店主和四邻。老温一眼瞧见休书。急匿于怀,紧取一碗凉水喷向寒梅面部,只见寒梅泪眼惺忪,愣愣怔怔,如在梦中一般。面对一老一少一小,不由悲声大动。

老温借词劝退众人,闭门即跪于寒梅脚下,捶胸仰颈而吼:"老泰呀,老泰,你真造孽呀,她有什么错,你竟如此害她,你伤天害理,天地不容哪,你会遭报应的呀!"他泣不成声,"少夫人,我对不住你,我怎叫他们蒙在鼓里,我真不知情呀!"

老温深知此事由老泰逼儿子所做,儿子惧其父也是迫不得已。如果此事老温先知,一定拼力求老泰收回成命,避免寒梅母子一场悲剧。可现在,生米已然做成熟饭,一张休书玷污了寒梅的清白,叫她求生不得,求死不成,岂不冤死这位好姑娘了。

老温泪潸潸地对寒梅说:"孩子,我知你是位好姑娘,做梦都想不到老泰会做这样的亏心事。事已至此,我做下人的,事依主做,不能自专。我劝你暂压心头怨愤,回娘家说明此情,想必你父能解你妊娠之谜,那时冤能辨,屈能解,愤能平,相信老天爷总是公平予人的。"

寒梅哽咽着哭诉道:"老叔的好意我谨记在心,只是此时此情我不可回归故里,不能尽孝二老已属罪过,再添烦乱我于心不忍。"

老温急问:"姑娘,你后不能退,前不愿行,何处安身,怎么安身?"

寒梅沉吟片刻说:"眼前只有一条路可走。我有一姑妈、姑夫家住山西昔阳柳子沟,早年在我镇做醋坊生意,生有一男一女。我姑妈对我自幼疼爱有加,视如亲女。前两年,年老的姑夫思乡之切，携一家人回归故里去了。我决定投奔姑夫二老，度日养子，再做计议。"回头与春柳泪眼相对，"只是春柳，我不忍她跟我受苦。烦你带她回我娘家，禀报实情，我二老一定善待于她，除她我旁无牵挂。"

说完，扑簌簌的眼泪顺腮而下。

只听扑通一声，丫鬟春柳抱姑娘跪倒，涟涟泪眼，哭诉而言："姑娘呀，我春柳跟姑娘两年，我纵有千错万错，你打也能打，骂也能骂，撵我离你而去，叫我怎生舍得，好伤我春柳愚钝之心。我与姑娘虽非同生，誓愿同死，姑娘执意辞春柳，春柳情愿一死，也免得姑娘挂念。"

春柳说完即要撞床而死，被寒梅抱住哭作一团。寒梅拭春柳湾湾泪眼，唏嘘道："只是你年纪尚小，同我受难实不忍心，眼前之路量不准多长，我摆脱不掉，是我前生造业之劫，再带你同行，我之罪呀。"

春柳说："陪姑娘终身乃春柳自愿，非他人所迫，我愿同姑娘赴汤蹈火，闯狼窝踏虎穴，同甘苦，共患难，决不追悔。誓要与姑娘争个出头之日。"

说完二人抱头痛哭，床上的继儿也哇哇哭啼不止，老温老泪纵横，划破夜空，回旋屋外，撕心裂肺。

次日早晨，整理包裹，偶见千两银票滚到床下，寒梅不解，问老温，据老温的分析，为文生所藏，此乃文生无奈之举，劝寒梅收下就是。按照寒梅的吩咐，主仆二人除内衣外，从脚至头的装饰、衣服、鞋，小孩儿的裹盖锦绣之物，恳求老温拿去当铺一概当尽。兼从普通店堂购置粗布陋衣畅裤，青鞋布袜，须要少颜掉色，穿之贫气不堪，应形同僻野乡姑一般无二。再去掉脂粉，打乱秀发，施以草木灰涂脸，尽显灰蒙龌龊之状，再瞧，已失往日丽色，真是：

昨日锦绣女，今日讨饭姑。

细查陪嫁妆，取出细软之物，由寒梅缝织筒状腰带一条，将价值百田四宅的宝物尽装其中。因春柳人小身瘦，且衣肥裤畅，系之腰间并不露半点藏匿之痕。又将典当之物所得碎银，缝于婴儿包被之内。

寒梅觑觑，与春柳酷似姐妹的装束，不由心中酸楚，对春柳喃喃而言："好妹妹，从今往后，切记你我以姐妹相称，万不可露出半点破绽，不可娇，不可怨，多示意，少言语，一切不可任性。"

春柳说："姑娘所嘱，我谨记在心。"

老温进屋，见二人打扮已毕，瞧瞧主仆二人双脚，不免面呈悦色，说："好脚啊！"见二人诧异，"我说脚……裹脚未必好……谁说不裹脚难看？好，好。"

二人恍然大悟，原来，寒梅自幼被父母疼爱，不忍给她裹脚，哪里会想到此生还要远行，真是老天戏剧性的安排呀。春柳出身贫寒，父母恐其长大妨于活计，亦没裹脚，二人搭档真乃天意所示也。

老温说："你二人若小脚，别说奔山西，只恐十里路程就难以忍耐，现在我放心多了。"

寒梅说："你不必挂念，只管原路返回，免得家里生疑，若牵连大叔，寒梅于心何安。"

老温说："姑娘哪里话，你远行百里之遥，比我险恶更甚，爬山越岭，艰难相随。愿姑娘你千难万险，切记忍耐。我会时时刻刻向菩萨祷告，保佑你们平安前行。"

他还向寒梅介绍，向西行约八十里有一槐镇，是通山西之要塞，北邻槐水，南接沛河，坐落太行东麓。此镇山西生意人具多，来往者络绎不绝。务必至暮到达槐镇，万不可中途歇于小店。问路找长者，不与旁人纠缠，访问信实，尽顾大店马车送至姑妈家。老温执意要送三人五十里路程，说是当天星夜即能赶回北镇。

老温向西送寒梅三人五十里，并再三叮咛，只管早早赶路，未尽之事，他自有安排。言毕掉转马头，挥泪向东而去。且不说寒梅三人西去投亲赶路，却说老温掉转车头策马扬鞭，星夜赶回北镇。门前将车马交与佣人，直奔老泰房间交差，以谎言掩饰并佯装不知老泰休儿媳的伎俩。老泰夫妇因休儿媳终日惶惶不安，废寝忘食，面对老温的谎言亦默默不语。文生近日神色恍惚，总在院里徘徊踱步。见老温归来，身不由己地愣怔跨进老泰的房间，忽拽住老温的衣袖离屋而去。至院内，悄言而恳："我，我，我有一事不明，不敢自专，动问你老予以破解。"

老温因对其父子存厌恶之心，百无聊赖地问："不知何事夤夜相恳？"

文生环顾四周压低嗓门："你说女子怀孕，是否还带经血？"

"什么！怀孕？"老温困惑，"谁怀孕……不可能……问你娘不就迎刃而解了吗？"

文生说："娶寒梅当夜，她身带经血，并阻我忍耐三日，我们五日之晚方有行房之事的。"

老温惊恐万状："怎么新婚之夜寒梅身有经血，为什么不早与父母言之。"

文生说："此腌臜之事实羞于启齿。"

老温简直气急败坏："文生呀，文生，叫我怎么说你好，你可把寒梅给冤死啦，你听父言不仅休妻，也把亲生的儿子给丢弃了，只怕你今后打灯笼也找不到这个好媳妇了。"

说毕拉文生重回客厅，将文生所说之言讲给老泰夫妇。老泰不听便罢，听之只吓得浑身打战，差点从椅子上溜下来。老温将老泰扶起，只见他目滞口呆，嘴巴一张一翕，开着口，合不得，垂下手，抬不起。半晌只听老泰炸雷般一声怒吼："你个小畜生，可害了我儿媳了啊，快去追啊，还愣着干什么！"

老泰恍然大悟，六月孩儿就是自家亲骨肉，嘴里只顾喊去追寒梅。老温说现在是鸡叫三遍了，怎么去追？恰在这时，老温将寒梅哭读休书，如何乔装打扮，去山西投亲之事一一禀告。老泰追悔莫及，五十岁的人了，竟掩面号啕大哭起来。一家人一直坐到天亮。

文生临行，老泰几乎是跺着脚对文生说："一定要追回来，上山西，就是上西天也要把她母子追回来，你爹我要跪着迎她们进门。"

文生带一壮年仆人，按老温所指的方向，风驰电掣般向西追去，谁知追得有影无踪，他也万不估量寒梅会借宿庵院之内，虽路经但错过。追至太行深处，文生不幸坠崖身亡。仆人将噩耗报回，惊煞老泰，晦满豪宅，他一病不起。一年之内亏有管家老温料理，无碍大事。董家闻讯，在秦家大闹三天方休，暂不细表。只说是一个亡儿无继，孙儿杳杳；一个是失女无踪，寻女无路，从此两家情变恨，恨变仇，断绝来往。各自凄惨之状可想而知。

五

再说寒梅主仆，自别管家老温之后，急急直奔太行而去。脚下之路，素未涉足。想那出门不足三尺便有人搀的小姐，连坐车尚觉颠簸的豪门之女，怎会想到徒步之行。眼下方觉这坎坷之路，拽腿拔脚，步履维艰。

已是深秋时分，天高云淡，风凉物燥，南飞的大雁排人字行高空缓飞,哝哝之声回荡天际,使人倍感凄凉。路边的衰草凄迷,落叶铺地,茎儿枯萎。落地的树叶,呈沉睡之状,枯萎的草茎已无拔节之力。风儿沙沙吹着她们的面庞,吹着路边的草,发出瑟瑟地抖颤声响,一副草木凋零之色立现眼前。

大地失掉春夏的丰姿;谷子割了,高粱、玉米、大豆收了,红薯、花生刨了,打谷场上成堆垛着干硬的蔓秆,谷秸草垛犹如塔形,蔓堆还似丘包,真场光地净,似乎感到有一种寒冷的信号要从这里发出一样。

寒梅低头自思自想,过去的时日,如烟云飘散。抬头遥望长空的鸿雁,那哀鸣似在已心那么悲凉,而路旁衰草裸树,犹如自己那么孤独。且风刀霜剑正逼她无奈走向严冬,谷场上的柴草秸蔓,虽曾开花结果,谁能说不像自己被抛在荒郊野外,极目太行山那锯齿般的山脊,真不知自己苦难的前程还有多么坎坷。她觉得自己一个富豪之女,竟落到如此地步,可去怨谁?怨怀抱的六月孩儿,孩子何罪之有,岂不愚痴!只能怨自己,怨自己前世造下恶业,才有今世恶果。她想着,想着……

纤弱的身子,哪耐得跋涉之苦,腰酸、腿疼、脚涨,便不由自主一步一跛,并且半里一停,一里一歇,扳腰捶脚,气喘吁吁,叫苦不迭。霜降季节,晚风渐大渐凉,不觉一阵寒噤袭身。半天的路程哪经得起磨蹭散漫,不觉太阳落入太行之后,天上的白云由隐变散,只见西天边的火烧云浓而疏,疏而淡。暮色就像从大地飘起的黑幕,忽悠悠覆压而下,黄昏正向他们逼近。

二人在路边上马石坐定,看西方森森一片庄廓的影像,目测槐镇少则还有五里路程,瞭一眼黯昏之气,不觉望而生畏。

寒梅问春柳:"你知道《水浒传》的故事不?"

寒梅之意在于借题鼓励春柳,春柳乍听很显懵懂,她极力追忆民间百姓所讲梁山泊的古话。可不知她的姑娘于途中讲这个干什么。

春柳说:"姑娘说的是否一百〇八个好汉。"

寒梅说:"你知道这些好汉怎么在梁山聚义?"

春柳摇头,难以解答,说:"乞姑娘析释。"

寒梅说:"这一百〇八个好汉,不管男女,不论穷富,具都身遭劫难逼上梁山。"话一转说,"我们也是逼上山西的——你看近黑的天,黑咕隆咚的,它也在逼我们呀,你怕不怕呀?"

春柳说:"有姑娘在,我什么都不怕。"

寒梅说:"对,什么都不怕,不能叫怕挡住咱的脚,咱可不能叫老天爷将咱撂在漫荒野地呀!"

行有三里之处,路旁一幢小院映入眼帘,尽管暮色朦胧,怎能挡二人靓丽的眼眸,看那门首镶嵌一匾,上写"慈济庵"三字。寒梅拍一下春柳的肩膀说:"丫头,今晚咱就宿这吧。"春柳听说是庵堂寺院,在此处落脚不由心存疑窦。春柳问寒梅:"这地方我们也能住么?"

寒梅笑说:"傻姑娘,庵堂之所乃女子修行之地,男人多半止步,但凡有男问事者,均不敢久留。她若留咱在此借宿,尽管放心,但住无妨。"

春柳感叹姑娘见识颇深,心悸顿消,心生愉悦。

寒梅向前叩门,少时一道姑将门半开半掩,柔声细语问道:"施主叩门何事?"

寒梅合掌施礼说:"多有惊扰,万望见谅。我姐妹二人自远方来,前往山西投亲,近暮不便前行,如若方便,借佛门宝地,暂住一晚,破晓即行。我佛慈悲,多多怜悯。"

道姑见寒梅彬彬有礼,举止有素,顿生敬畏之情,说:"请姑娘稍候,我去禀报院主,以求允许否。"

少顷，被引进庵堂与院主见礼。院主五十多岁，慈眉善目，清秀端庄，谈吐谦和，佛家气质夺人眼目。院主瞩目寒梅仪容，虽是粗布陋饰，却仍透西子之貌，崔莺之态，真远近少见，不免暗生欢喜。吩咐素食招待，安排雅间安歇，不在话下。

寒梅主仆住下之后，倍感庵院幽静安谧之极。第二天醒来，寒梅忽觉周身疼痛，动弹不得，四肢无力，挣扎不起。无奈，只能靠春柳扶助给婴儿喂奶。院主闻讯，遣一道姑揉动主脉经络，又施以红糖姜水饮之，渐渐手足温暖，后又下地慢慢轻移，逐渐恢复如常。

寒梅向院主道谢："荷蒙大恩，犬马难报。"

院主道："遇者缘法，谅非人为。区区小事，不足挂齿。施主尽管颐养，缓几日不妨，必以康复方动，万不可心急气躁呀。"

直到第三日，寒梅方觉身轻气壮，怀中之乳日益充沛。是日午后，天朗气清，阳光灿烂，寒梅抱婴儿坐于院中石几之上喂奶，春柳一旁侍立观之。

寒梅问："春柳，身上碎银尚有多少？"

春柳答："五十两，一子没动。"

寒梅说："取十两给院主，以做香火之资，"见春柳嗯了一声说，"下午天气晴好，我们该到槐镇去了。只有到槐镇才能雇车前行。"

院主得知寒梅要行，便来好意相劝。

院主说："姑娘行来，察其身乏体弱，路程艰辛想必你已知其味，若再前行只恐体力不支。此去山西尚百里遥遥之多，山路凶险，沟壑无数。且爬坡越岭，树拦荆刺，你弱女子如何耐得住。你现在处的地方是太行山脚下，不日将秋霖绵绵，少则五日，多则半月有余，淅淅沥沥，昼夜不停。路泥泞，河生汛，数日人不行走，兽蹄鸟迹也难寻见，目下之情不可不虑。"

寒梅闻听，心中不由悚然，但前行之心怎能泯灭，若前行须仗院主予以方法，想必院主亦有应对之策。

"恳求院主，"寒梅说，"小女子在此生疏之地，举目无亲，此去山西是唯一之路，虽路途遥远，难行亦行，别无选择，还望院主赐予良策，助予我行。"

院主说："西行三里即是槐镇，镇里有一位郑氏，学佛虔诚，乐善好施，助人为乐，笃实可靠。明日她来上香，可托她委以镇中醋坊的山西人，若有常往山西探亲者，告予你所寻亲人地址姓名，回信到后，由其车马相接，岂不俱都放心。"

寒梅说："知这最好不过，只是在院待之数日，实不忍心扰烦。"

院主说："我佛慈悲，救苦救难，乃佛本意，但住无妨。若姑娘能为本院抄写经文，一来礼敬我佛，二来可扫姑娘晦气。"

春柳喜盈盈抢先说："我姐姐高学多才，拈笔写字，字字生华。"

寒梅羞涩，院主含笑，春柳兴高采烈。

院主观察寒梅读书解字造诣颇深，所写行书之体，柔而刚健，且含少女秀气，非一般女子所能写就。她心性贞淑，举止文雅，绝不是小家之女。院主尽喜，寒梅尽忧，柔肠寸断。面对秋雨，正如院主所言，绵绵数日不晴，土酥地软，小河涨满，鸦雀不飞，路无人踪。雨有停日，信却无息。寒梅在庵院不觉两月有余。

六

话说慈济庵之东有一村，名东庄。村中有一愈赖名唤刘疤。因腮部长疮留下一疤痕而得秽名。此人身材矮小，面目丑陋，贼眉鼠眼。自幼养成好吃懒做的恶习，坑蒙拐骗，常与地痞为伍，多和盗贼做朋。且能厚颜绕人酒饭，噇吃噇喝，酒醉胡作非为，六亲不认，令人厌烦。三十岁无妻，良家之女，有谁肯嫁于他？

刘疤这日酒醉，又闯入慈济庵开心，目睹寒梅室内抄写经文，见其非凡美貌，遂生歹心，非礼相扰，急被院主制止。

院主呵斥道："刘疤，佛门净地，不得无礼。"紧向寒梅使一眼色，示意让她转向另室。刘疤似被一股冷气刺身，只见他恼羞成怒，邪对院主忿恚相向。

"哎，我说院主，"刘疤怒目狰狞说，"她一不是道姑，二不是你的亲眷，三又是外乡人，我料她一定是无家无夫之人，如此好事理应成全刘疤，反来阻拦，你哪有佛门慈悲之心。"

院主说："即便她无夫无家，岂能无端调戏于她。何况佛门重地，哪能强人之妻，真是罪过也。"

刘疤说："他人之妻如何躲在庵中，出家还打诳语，休得哄骗，你不依，我便抢，不是你的人，劝你别管闲事为好。"

院主说："你若鲁莽，她必与你性命相搏，弄出人命，殃你必吃官司，那时只恐追悔莫及。"

刘疤狡辩说："我吃官司与你何干，我就娶她你也管不着，管不着！"

刘疤连说几个管不着，怏怏离庵院而去。

此后，刘疤隔三岔五就闹一回。总是跳脚大喊，踢墙捶门，邪恶之气甚嚣尘上。声言对寒梅非劫即抢，搞得庵院老小战栗不安。

这天院主唤一道姑，附耳低语，便转向寒梅室内。

院主的本意，是让郑老太领寒梅到其家暂避一时，继续等待山西回音。却不料郑老太传来更不祥之信。言说山西两年干旱，颗粒不收，姑夫一家携儿带女已出西口外地谋生了。

这信息使寒梅始料未及，如晴天霹雳，惊恐万状。让她欲哭不能，欲急无助，欲走无策。泪如雨下，仰天长叹："天不叫我生，地不叫我存呀，我该如何，我该如何呀！"

院主闻之突兀，顿生恻隐之心，牵姑娘手偎依入室，对面而坐，春柳抱婴儿含晶晶泪花侍立一旁。院主双手扶寒梅双膝长叹不止。

院主说："姑娘不必焦躁，吉人自有天相，投亲不成，可以从长计议。只恐刘疤还来骚扰，老尼有一言，不知姑娘肯听否？"

寒梅说："我落难之人举目无亲，院主待我亲如慈母，你所言俺敢不听。"

院主说："我观姑娘非俗流之女，且有失夫之难，姑娘在投亲奔波之际，实不忍点破。我想眼下投亲不成，还应量开胸怀。即便投亲有望，终身落脚况不可能长久，总得有终身落脚之处。姑娘尚年轻，有道是女不嫁如风中之叶，男不婚似树身无枝，无叶无枝怎生结果。我想姑娘当下应婚为宜，望姑娘三思后行，大有裨益。"

寒梅感激涕零说："院主指我安身立命之路，我不胜感激，只是婚姻大事全凭姻缘，我常自忖，不知缘还盈身，还望院主指教。"

院主说出郑老太。郑老太有一儿，唤作韩玉，是韩家独根独苗。年方二十岁，因家贫只念了几年私塾。至今未婚，家有薄田五亩，靠母子二人常年勤耕细作，虽不富裕仍可维持生计。房无多少，祖传旧房六间，尚可冬夏遮雨避寒，陋室安身。她家除此二人旁无挂牵。若姑娘愿在此安身，老尼不惜抛红线之力。

院主悉知寒梅已有改嫁之意，就将此事告知郑老太，郑老太自是喜出望外，心中之悦不可言表。郑老太曾目睹寒梅之容，且有贞淑优雅之气。虽着落难之装，却含丰采之韵。但思眼下窘困之状，不免心里畏难，如此之女，不知能在我贫家安身。

院主送走郑老太，转自到寒梅房间，问寒梅："姑娘恕我直言，我已和郑老太提及姑娘婚事，不知恳允否？"

未等寒梅开口，春柳抢先说："依院主甚好，一来小姐有靠，二来少爷有家可归，我三人有靠有归岂不好吗？我的小姐，你可与他一见，缘分是否成熟，亦未可知呀。"

寒梅见春柳说破身份，亦不作掩饰，说："院主好意我唯命是听，事已至此，与他母子相见一面就是。"

寒梅再嫁实出无奈，便将心底之事倾诉与院主。她恳求院主递诉郑老太，褓褓之婴儿乃秦门之后，要与嫁之夫叔侄相称，不更名换姓，日后许他认祖归宗。丫鬟春柳，自小侍奉于我，患难之中形同姐妹，待她如是我一般，她日后成婚之时，必按我意予以厚聘；我之苦痛一言难尽，来龙去脉不问为好，问之恐伤婆婆悬念。我寒梅现陷窘境，决无觊觎之想，贪婪之念，望院主早传此意，赐予恩准。说罢苦凄之泪盈眶，泣不成声。

次日郑老太带儿子来，院主将寒梅所愿尽述一遍，郑老太哪有不允之理，悲悯之心溢在心底。后引儿子韩玉与寒梅相见，只这一见，惊得姑娘目瞪口呆。

韩玉入室，寒梅觑一眼，惊讶万分，欲喊又止。恰似前夫文生站在眼前！不觉脸颊绯红，热泪盈眶，口迟喉哑，手脚无措。郑老太不知何因，以为姑娘并不中意爱子，也并不露嗔怒之色。背转身，自怨家道贫寒，舍旧且陋，粗茶淡饭，又无鲜衣，怨天尤人，又有何用。

少顷，院主拽郑老太于一旁，说："姑娘已中意了。"只唬得郑老太拙嘴笨舌，语塞言迟。

重观寒梅时下之瑞色，院主说："姑娘，你有重新之日，亦有你用武之时了。"转向郑老太："娶此姑娘乃我佛慧眼慧力所赠之福星，从此韩家以贫变富指日可待，要多多礼敬我佛才是呀！"

郑老太连声诺诺敬佛。转对寒梅说："姑娘不嫌我家窝憋，是我儿之福，我家之幸，我将以亲女待之，不负院主美意。"

趁黄昏之时，院主送一家人离开庵院。望着一家人远去，如释重负，自语道："此乃姻缘所牵，韩家便是姑娘终身之地也。"

七

为儿子的婚事，郑老太倾其所有，请三媒六证完成婚庆，寒梅名正言顺成为韩家的媳妇。小夫妻互敬互爱不在话下。郑老太娶得漂亮儿媳心满意足。

寒梅初扫视婆家庄廓，只见院落近一亩，南北十丈有余，东西十丈不足。户门向东，南北大街濒临户门直通镇外，挨户门一间为厨房，与六间北屋相连，北屋压东西街街沿。六间北屋开两门口，至内均是一明两暗的设计。郑老太和丫鬟春柳住东三间，西三间为寒梅夫妇的新房。向南之尽头一大陋棚，各支碾盘石磨，西厢垛之柴草数捆，用以烧水做饭，向外紧有一间类似马厩，里外各设石槽，可怜只养一只小毛驴。陋棚之南，青砖青瓦，四合院之形匀称相牵，一式明代建筑风格，好不气派，与婆家相比，真如矮人与大汉一般。寒梅凝视良久若有所思。

婆婆抱继儿过来喂奶，像猜透她的心思，一段心酸往事诉与寒梅。

郑老太告诉寒梅，韩家原已是本镇首户，前方豪宅乃韩家旧地。

那年韩玉之父为捐官，百顷良田如打水漂，银堆的华屋尽归他人。眼下荒院陋室原是下人存身之所，哪料下人之所却成她母子存身之地。韩玉之父捐官无望，人财两空，忧愤成疾，荷荷而殂。留下她母子二人在破屋敝院苦度二十年。郑老太唉声叹气，说："真是富贵贫贱，各有其时，像场噩梦，唉！"

寒梅瞅一眼百般无奈的婆婆，对穷苦生活确实无回天之力，剩下只能是望穷兴叹。

至于屋内，家徒四壁，无梳妆之桌，更无待客之坐。缸无满粮之存，粗衣常带补丁。粗茶淡饭，温饱不足。怎有资力改变家风，寒梅不觉心中阴郁。

她想，现有存资在身，此时不用，更待何时，便向婆婆说："今晚我们全家将今冬明春生计合议一下，您看可行？"

"好，好，"婆婆急忙应承说："你说咋办就咋办。"

当晚，一家人围坐炕头，寒梅将拆旧盖新之事备说一遍，婆婆和他儿子韩玉鸡痘骤起。郑老太心想，我的天，拆旧盖新，哪里是拆旧盖新，这不是变着法给我要彩礼钱嘛，这姑娘厉害，在这儿等着我哩。她想，儿媳哪里知道，为儿子结婚，我东抓西借，负债累累，如今手里已无一子儿，你叫我拿什么给你拆旧翻新，就是把我卖了也换不回一根梁不是。她左思右想，这件事答应不是，不答应又不是，真左右为难，这可怎么办，怎么办……

她极力思索回复儿媳的措辞，又搜肠刮肚，冥思苦想推敲琢磨，该如何应对此事呢？不知不觉那薄薄一层冷汗珠点子，就布满前额。不听使唤的嘴猝然蹦出一句："当下我可拿不出这个钱。"这好像有一鬼魅附身，不是她自觉而言。随着话，脸儿涨得通红。

春柳不觉好笑，但又不能不秉承寒梅的示意，取出那千两银票，倒出蓄于袋中陪嫁的珍宝，只见珠宝依然瑞气闪闪，光辉熠熠。郑老太冷见此物，顿时丢了三魂，落了六魄，惊讶之状：开了口，合不得，伸了舌，缩不进，竟搯退捏脚，试触人在梦中与否，半晌说不出话来。

春柳破解了紧张的气氛，说："老太太，您看这些够盖房吧？"

郑老太只管啊啊："岂止……镇上财主的家业也不过如此……怎么行，怎么能破费姑娘的财宝，万万不可，万万不可！"

寒梅说："婆婆救我三人，恩深似海，况又成一家人，不必以客相谦，万不可见外，只管收起，微些小物不足为奇。"

春柳又将所剩四十两碎银倾囊交给郑老太。后置办粗细布帛，粮油烧柴，度过寒冬料无大碍。

想那寒梅乃名门之女，身系世代医家，能写会算，绘图画描无一不通。亲手绘制的家宅之形，与她家之宅极为相似。沿南北街二十米建一排药堂，至后东西及南北院内宅形成四合院模式，一色明代古老建筑结构，仅观图纸已觉十分气派。

开工之日，因有银在手，不惊不急。管工的、管料的、施工的，车来人往，热火朝天。还如古语道："贫贱亲戚离，富贵人人合。"全家喜悦之心不言自溢。约两月工期，在初夏之时，观之茅舍换瓦舍。亮亮堂堂，辉煌无比。人俱称道："韩家要说娶了位好媳妇，倒不如说迎来一颗福星啊！"

韩玉望着雕梁画栋大门楼，走进深洞洞的四合院，如游在西天佛地仙境之中。但他也有一面小鼓敲在心里：房子盖得不错，为什么要盖一片药堂呢？他百思不得其解。药堂？非是任意能办，他疑虑媳妇是否懂得医术，若不懂，万不能异想天开。还不如开个杂货铺，加之养好五亩地，尚可养活一家数口的生活。开药堂总是韩玉难猜之谜，还有寒梅的身世也是个谜，只是能问者办药堂，不能问者她身世也。他心事重重走进屋去。

寒梅察其色变，问："你好像有什么心事？"

韩玉将开药堂之事说出。他说他自己虽读过几年书，稍写笨算还可，只这开药堂一事，实叫他为难，又恐寒梅亦是外行。又将自己目睹过的药房加以陈述。说是会识药，称量准，巧配比，善算账。对药的磨、炒、晒、烤的制作非一日之功能成，且是个细心有耐性的活计。还说须防潮，朝夕事必躬亲，等等，一吐自己对药的见解。他感慨地对寒梅说："这个费事又须内行之业，无长年累月的学习摸索，只怕你我不好经营，还是以图别的门路为好。"

寒梅很佩服韩玉对药业的细致观察，反增强她办药业的信心。她不慌不忙递向丈夫一张药单，上写百余种中药的名称数量。那清秀的字体，行行清晰的药名，使韩玉的疑虑瞬间解除，原来妻子竟是医药行家呀。

寒梅开药堂对丈夫做了解释，说药堂和医学也并非学不会，只要肯学就能学懂，药师和医师也不是一蹴而就，他们的知识也是日积月累所得，她勉励韩玉努力实践，不可畏难。

韩玉说："我不惧难，只怕求名师难呀。"

寒梅笑说："是吗？你瞧我不就是你的名师么，别人的师傅亦教亦离，我这师傅可是日夜相伴，不是说，要想会，跟着师傅睡，你跟着我睡，还怕学不成吗！"

韩玉闻言，两颊红晕骤起，心想，我的媳妇还真的幽默可爱。

寒梅以商量的口气，道出以后兴家立业的计划。她劝韩玉将五亩地使人代耕，驴子由代耕者使役，五五分成。买匹骠马以做购药坐骑。招聘两名伺药，年龄不超十七岁，有文化，三年学徒，徒满重金待遇。家内，娘和春柳料理家务。她的计划不用商量，一马通过。家中，有谁不听这位善良美丽姑娘的话呢？

韩玉说："我肩负重任，路不怕远，人不怕疲，只是药路生疏，药种鲜辨，药性不识，口难言行家之语，话迟乖谬惹人揶揄，花了钱事倍功半，买来药杂七杂八，你尽不怪，我于心何忍。我若外出怕累着你，娘不愿苦你和春柳，我亦心疼于你，真得左右为难。"

寒梅十分感激地说："我已不像从前那么娇气了，也不可娇气了，娇气它不能当餐用，不能当渴饮。日下我们当以实干苦干兴家。常言说，立家须置业，业不兴则家不兴，家不兴即聚也空。侥幸我蓄些本钱，只靠本钱，金山也有掘尽的时候。我的好丈夫，干吧，只有干方能挣，要有挣个金山银山的决心，那日子才会兴旺发达。"

韩玉被鼓励得一脸豪气，信心十足。

购药临行之日，寒梅嘱咐韩玉，先到安国。安国自古为药材聚散之地，有药都之称。叫他找一大药商，递上药单，不必多言，只要满足单录即可，靠药商给予一一打点。后雇车运回就是。还须绕道赵州、晋州、冀州，按另单购十几味奇缺药品贴身带回。又特别叮咛，在此几处万不可说出她的名字，一定谨记。

当时，以槐镇为中心，辐射方圆三十里，炎夏季节，突发痢疾的婴儿甚多。尤其在百姓称作"烂麦茬"之时。为痢疾的高发期，其势凶猛，无药可治。诸多父母叫苦不迭。殊俗之敝，凡一至三岁婴儿夭折皆不可入祖坟。故多葬于千百年形成的沙丘之内。隔三岔五就有一位专管葬婴老人，怀抱裹单婴儿直奔沙丘而去。人将婴儿所葬之地呼为"乱葬岗"。

还有妇女怀胎不正难产，产后出血，产后中暑之症，以及诸多妇科杂症，危及妇女生命不计其数。

寒梅采用家传秘方，用十多种中药制成膏丸散丹。为救妇幼于危急，张贴告示于各村，向贫者送医赠药，并亲临病榻，出诊镇内镇外，日叫日去，夜唤夜来，绝无半点推辞。经她调治的患者，皆能痊愈康复。以往妇婴之疾，自寒梅开起药堂，尤其婴儿痢疾患者日趋减少。日久，慕名求医者甚多，使她遐迩闻名，名声远播四方。

韩玉既当助手，又当管家，精打细算。两年以后，不仅收回投资之费，且累积极厚。寒梅以药业兴家，生意发达，家庭富庶，世人赞叹不已。

八

继儿三岁那年，寒梅又生一子，唤名福儿。巧的是，又是六个月生孩，一时又作奇谈。虽则有闲话传之，韩玉知其是自家骨肉，对于街谈巷议并不在意。郑老太则不同，心中多有疑虑，每每想起，犹如难解杯弓蛇影，还真找不到解谜之人，尽管常有闷闷不乐之时，但她与秦老泰当年之想判若两人。她心地善良，最终认作是：寒梅纯属身累造成早产。

她想通过春柳验证她的答案正确。

郑老太找到春柳说："你看呀，我说丫头，你家姑娘是不是积劳成疾，吃过什么药呀？怎么就六个月……自古就没有六个月生孩儿。"

春柳当然知情。说："老太太，看您说的，我家小姐……"她说漏了嘴，急忙嘎住说，"都三年了，还看不出，她身体好着哪，从不吃药。"

"好好身子，怎么就月份不足？"

春柳听郑老太这句话，油然想起秦老泰对寒梅污蔑之词，顿觉急火攻心，话就变得十分尖刻。

春柳正言厉色地说:"你放心,甭管她是五个月六个月的孩儿,这孩儿呀定准是你韩门之后,不信么,我就当保人。真是的!"

郑老太急忙说:"不能这样说,也不是……我担心她的身体呀。"这是郑老太的真心话。

春柳寸步不让说:"不是这样说,那是什么说,你不就是操这个心呀!"

春柳从来不会慢声细语讲悄悄话,一张嘴就似吹喇叭那么响。寒梅在屋内听得清楚,并不惧惊。两胎的六月孩儿震醒了她,似乎已透析了自身怀孕的神秘,虽说不清其中之谜,却能证实清白之身。现在不正是说明身世及经历的最佳时机么。她奶睡怀中的福儿,拉着偎坐在身边秦门的继儿,来院又手牵丫鬟春柳,唤婆婆向屋里走去。郑老太不知何故,瞠目结舌,面呈懵懂之态。

寒梅扶郑老太坐在正位,她在中,继儿在左,春柳在右,一齐跪于郑老太面前。将她出身名门,择夫富豪乡绅之家,三月嫁娶,九月生孩儿,因六个月生孩儿之奇,被夫家所休弃。无奈山西投亲,投亲不成,流落慈济庵,一一哭诉一遍。

寒梅说:"六个月生孩儿,人间罕见,可六个月生孩儿也非我所愿,我并不解我六个月降胎之因。也只为六月孩儿,我才落此安身立命,难言之痛深埋三年,今当说于婆婆谅解,一来恕我隐瞒之罪,二来解我久负之重,三来破疑解惑,并告知我的身世,予以消弭。"说罢叩头谢罪。

郑老太看罢休书,从椅选于地下,恫吓之色满以面目,哆嗦之手禁不能控,抱住寒梅仰天声恸:"我苦命的孩子,我好心的姑娘,你好委屈呀!老天爷,杀人的天哪,怎么就不可怜我的好儿媳,是谁造的孽呀!"

郑老太哭一声,喊一声,死去活来。韩玉在门外站立良久。此时已泣不成声，冲进屋内扶起娘和寒梅，抱起继儿，拉起春柳，泪如洗面。

"娘，"韩玉与郑老太泪眼相对，"寒梅是你的好儿媳，继儿犹如我的亲生，春柳我当以亲妹妹看待。我们理应相亲相爱，患难与共，生死相依，万不可叫寒梅再遭受委屈苦难啦！"

疑虑如云消雾散，一家人舒眉展眼，祥和之气萦绕厅堂内外。

过了两年，寒梅又生一女儿，取名秀儿，仍是六个月生孩儿。此时，街巷非但没异议，倒传来赞美之声。郑老太风趣地对街坊夸道，我们是六月孩儿，早熟的瓜就鲜呗！街坊们也都异口同声夸赞："韩家娶了个俏女、才女、奇女，槐镇出现百年不遇的一位传奇人物。"

光阴荏苒，如白驹过隙，不觉二十年过去。寒梅已四十多岁。人虽至中年，依然富贵端庄，光彩照人。脂粉浅施，丽颜尽显。不学妖娆做作，体态自然丰韵。亮眸玉腕，天生玉质动人。不着锦衣，风度翩翩。虽布裙荆钗，气质依旧袭人。少者动目，老者回首，真乃乡野僻壤藏一美人也。

寒梅膝下两儿一女俱都成人。两个儿子眉清目秀，资性伶俐。大儿子继儿最像秦家文生之貌。寒梅对三个儿女爱之深，责之严，兄弟二人先后中秀才。后娶妻成家，并在县城之中各有其职。小女秀儿，年方十八，似随其母而生，脸现瓜子之形，肌如琢玉鲜亮，音容笑貌，映射端庄气韵。寒梅设馆于家，自幼读书识字灵透，能写会算。后寒梅教之药学医学，认真研习，无一不通，成寒梅得力助手。是年择婚县城富商，选定年后出聘。

春柳出嫁多年。出嫁时，寒梅厚资陪嫁，不负姐妹情深。多年来，春柳夫妻和睦，生活幸福。生儿育女，已为人之母。且不多说。

九

且说秦老泰,自从弃儿媳,亡儿子,失孙子,卧病在床一年有余。心病难愈,心中悒悒不乐,长吁短叹,悔恨非常。能支撑他下床的信心是访儿媳,寻孙子。他费尽心机,遍访多年,绞尽脑汁,毫无结果。

无儿有孙,还有委屈的儿媳,尚能激起他生存的希望。他和管家老温在查生意、催地租的路上,更多的话题是涉及寒梅母子的事儿。在二十年的历程中就这么念叨着走过来。老温常是陪伴着老泰的唠叨,他竟不好用什么话回答他的提问,可又不能不予答复。

"你说,"老泰总爱这样问老温,"他娘俩能在哪里呀?"

"在哪儿?"老温实不好回答,又不能不答,"上不了天,也入不了地,也只能问神仙。要不找先生算一卦?"

老泰点头。真找过几个算命的"半仙儿"问卦。结果均是说,有福之人哪,神保着,地养着,人护着,平安无事。放心,放心。

只这样,老温陪老泰一次又一次去卜卦,一次又一次毫不吝啬丢给算命人大把大把的银子。

在茶馆,在途中,只要与人攀谈,就免不了打听那母子俩的下落。还时不时比画儿媳的胖瘦及孙儿的大小。他人屡次摇头。其实,在来往的人流中,他若敢问六月孩儿的事儿,往来之客并非都不知,只是老泰不忍提起六月孩儿的"冤假错案",不忍再伤可怜的儿媳,故对问者多禁提,因此无法打听得到。

日月如穿梭、光阴急似箭。老泰已过花甲之年，他外出渐次减少，住家或坐或卧常扳起指头，算儿子逝去的岁月，孙子成长的年龄，自言自语的痴迷竟忘记三顿饭食，昼夜似睡非睡，呓语连篇，那心神总在醒中梦中周旋。

老温更是心急如焚，眼下仍打听不到寒梅的消息，这偌大的家业谁人继承？老泰年迈多病，一旦驾鹤西去，叫他如何担得起如此重担，终日惆怅不已。

这天，老温在屋内自忖自思：寒梅去山西投亲，虽然山高路远，凭此毅力定能达到。即便达到，若知亲戚远足他乡，她焉能独留此地。倘若返回，留在槐镇也未可知。对呀，为何不去槐镇寻觅一番。

他拍着脑门，思谋如何鼓动老泰去槐镇寻找寒梅的下落。

老温对老泰说："你知道槐镇不？"

"奔山西的必经之镇，"老泰说，他极不情愿提这个地名，"那不是寒梅母子走丢的地方吗？"

老温说出自己的分析和判断，并说出寒梅有可能存身槐镇的理由，老泰立刻精神百倍。

"你说得有考校，"老泰说，又真有些迫不及待地问，"你说咱几时动身？"

老温说："过几天吧。"

老泰说："还过几天？就明天吧。"

老泰嘱咐老温多带银子。次日一早，二人驾一辆细篷车向槐镇进发。老温扬鞭策马疾走不停，傍晚至槐镇。他们行百里之遥，已是人困马乏，找到了一处上等酒家，登上二楼雅间，命酒家只管好酒好菜端上。有道是：贵人用贵物，不问价高低。刚登楼梯半截，无意间听到一人讲六月孩儿什么什么的。二人停步，观吃酒二人说得津津有味。

讲话的不是别人，正是当年在慈济庵纠缠寒梅的刘疤。这刘疤将家业挥霍殆尽，且懒惰成性，游手好闲，但得骗人几吊，就在酒楼且吃且喝，诩言满天。当下他亦四十多岁的人了，癖习难改，破罐破摔，并不在乎。主仆上楼之际，他正云山雾罩讲着寒梅嫁女的事儿。

有道是说者无意，听者有心，老温示意酒保唤刘疤楼上说话。

刘疤见二位阔人不免胆怯，拘谨地站在一旁，不知所问之事是凶是吉，怔松两眼，手脚无措。

"我请问，"老泰单刀直入，"你所说的六月女出嫁是怎么回事，是谁家之女？"

"噢，"刘疤松口气，"我还当什么事呢。你要问这件事儿，你算找准人啦。"

"你说，你怎么知道这么底细？"老温说。

"你问我怎么知道这么清楚，"刘疤的眼一巴瞪，"我、我……"他不敢说调戏寒梅之事，"我跟你们这么说吧，我连他们家的人名我都能叫出来，就说寒梅吧。"

"什么，寒梅？"老泰激动不已要站起来，被老温一把按住，假装劝酒。

"你说的寒梅是谁呀？"老温明知故问。

刘疤说："就是六月孩儿之母呗。"

刘疤就把寒梅被休，山西投亲，路经慈济庵，被院主搭救，投亲不成，嫁至槐镇韩家，兴办药业。以药行医，发家致富，详细备述一遍。还说出带着一个六月孩儿改嫁，又连生两个六月孩儿的奇事，描绘得有声有色。

"你可知道寒梅所带之子叫什么名字？"老泰问得急不可待。

"怎么不知道，"刘疤说出寒梅的倔强，"这寒梅嫁给韩家，第一要求就是不给撑脚儿更名改姓。这孩儿叫什么来着，对，叫秦继儿，是他爷爷给起的名字，一直叫了二十年。"

老泰说："人们可知道这孩子家住何方？"

刘疤说："除寒梅，外人无一知晓，"话一转，"你看寒梅创的那业，盖的那宅，乌泱乌泱一大片哪！"

老温插话："你说这寒梅嫁得是大户人家吧？"

"他坯，"刘疤没有把寒梅弄到手还耿耿于怀，"什么大户人家，二十年前穷得叮当响。他家的发达还不都是寒梅一手务作起来的，凭他家，他富个屁，他要能富，我也就富了。"

老泰听完刘疤的讲述，只惊得端起酒进不得嘴，拿起筷夹不起菜，惶恐之状让刘疤好奇。心中备觉疑惑：这两位怎么了，全镇都知道的极为平常之事，有什么大惊小怪，抑或许讲的这件事把顾客震住了，刘疤他怎么会通晓这里的原因。

刘疤兴趣未尽，仍继续唠叨："明日就是六月女出阁之日，"他不管二位的心思是否在嫁女身上，只管说，"指定两位六月哥哥压轿，二位明日若不行，就看个热闹吧。"

老温尚理智，碰碰老泰的脚，老泰嘴里连声啊啊："有赏，有赏！"老泰用手点着老温。

老温会意，拿出一两银子给刘疤，刘疤喜出望外，心想，不就几句话的事儿，如此慷慨相赠，叫他丈二和尚摸不着头，也太莫名其妙。

明日，老泰和老温当然要去看嫁女的热闹场面。

次日那刻，主仆二人站在众人之间。只听一声炮响，乐器齐鸣，紧随数面彩旗，呼啦啦迎风招展。迎亲轿、新人轿、陪嫁轿、媒人轿，四轿相衔，顺街一字排开。新女婿高头大马迎前而行，一轿左右两青年骏马相护，必是二位亲兄侍卫亲妹之乘。

一路上，花炮开道。笙箫聒耳，悠悠飏飏。花轿宝盖嵌顶，纬帐湘秀龙凤。轿夫矫健步稳，沿街舞步之行。观者如蚁，填街塞巷，人山人海，声浪鼎沸。只见高者向里挤，矮者向里蹭。个个踮脚、伸颈、仰脸、瞪眼，无不直观向前。有的腿酸了，拍腿；腰软了，托腰；肩摊了，压肩；汗透了，擦汗；气喘了，呼气。真是人相涌，语相喧，热闹非凡。

老泰手心出汗，直勾勾眼盯住右边护轿的青年，冷不防听身旁老温自语而亢奋地说："真像呀——真是文生还阳啊！"

老泰真想扑上去，只感腿动不了，想喊，嘴却张翕不声。他虽目不转睛，然而泪如雨帘，已经视前模糊不清，不停抬手擦那泪眼。

老泰和老温拨开人群，向旅店走去，老泰路上不停地说："没白来，来对了，找着了。"老温捅他一下，暗示别惹围观者闹事，可他并不顾提醒："就是我孙子，一点也没错，怕什么！"

周围的人对他们的交谈，误解为胡话醒语，怀疑是否酒吃多了，并不在意他们的说话。

十

在旅店里，主仆二人，对如何见寒梅一事，焦躁不安。这棘手犯难之人，秦老泰应是首当其冲。他误解并策划儿子化离寒梅，他是罪魁祸首。要见寒梅那可不是平日里接见某某那么自然、光彩，那是去请罪，至于寒梅是否谅解，不念旧恶，还真叫老泰，殚精竭虑，恓惶不安，无有对策。

"你说我,"老泰对老温说,"向寒梅要孙子,凭哪条,谁给做主,老天呀,岂有此理嘛!"

老温只管踱来踱去,不慌不忙,口里自言自语:"没理就赔理,有罪就请罪。"他望下眼睁睁无可奈何的主人,"我们只能和寒梅唱出'将相和'了。"

老泰恍然大悟:"对、对,对极了,负荆请罪吧!"

老温说:"只有这条路可走。"

老泰心知肚明,老温哪里叫他演戏,分明是找出了赎罪的方式。他对不起不白之冤的儿媳妇,对不起罹难的儿子,也对不起没喝家里一口水,没吃家里一粒粮的孙儿。他觉得他有罪,且十恶不赦,罄竹难书,他理应赎罪,理应赎罪。

他二人五更起床,老泰背插柴棒,跪至韩家门首,以至诚之心向苦难的寒梅赎罪。

那日按当地殊俗,正是姑娘回面之日,为迎姑娘回面的喜庆吉日,家里一应老小佣人,黎明即起,扫洒庭厨。当开启街门,忽见二老翁,点头至地,蓬头垢面,背插柴棒,口念有罪呀,有罪,唬得一干人,退之门内,大呼小叫。

报之寒梅,寒梅急令继儿、福儿去搀二老,不想死拉硬拽,誓不肯起。寒梅诧异愕然,目光瞵瞵,在拭目一瞬,失声大叫一声,忽觉天旋地转,墙陷房塌,射箭般扑向秦老泰。

"我的公爹,我的爹呀!"寒梅跪至在地,抱住老泰,"你不能这样,天地不容呀,叫儿媳如何受得起。文生在哪里?文生呀!"她以为老泰是带着儿子来的,只顾呼文生的名字。

老泰闻听儿子的名字竟不觉万箭穿心,冲天号啕不止:"儿媳呀,文生他,他,他已经死了二十年了。"老泰拉住寒梅的手说,"你走后的第二天,他往山西访你,不幸坠崖身亡了,我的儿媳呀,我有罪，我负罪二十年呀，我害了你，也害了文生呀！"

寒梅昏了过去，老温在旁边也哭成泪人。两个儿子摇晃着寒梅，娘呀娘的呼唤着。寒梅二目溟濛，两眼失神，眸中涔涔。对着大儿子继儿，回首公爹，说："这就是你的爷爷，亲爷爷呀，"又牵儿子的手拉住老泰说，"爹呀，这就是文生的亲儿子。我带他二十年，未曾叫他更名换姓，他仍叫秦继儿之名。"

继儿搂着爷爷哭诉说："我娘不易，我娘苦呀，我娘难呀！"

老泰说："我的宝贝呀，爷爷何尝不知，爷爷也知道我的错呀。来来……"说着抽出背上的柴棒，"替你娘狠狠地打爷爷，你若不打，爷爷一辈子都愧呀！"

寒梅抢过那柴棒，丢得远远的，说："我的爹，你这样不如叫寒梅一死，倘若文生在天有灵也会伤心流泪的。"

寒梅扶起二位老人，对老温说："您是我们三人的救命恩人。您更知我大难不死，我只为秦门之后，亦为我争个清名。可我清名无处争，只落得又生六月孩儿，我实出无奈。六月孩儿，六月娘之冠，如同紧箍咒缠脑压顶，我恨己，怨己，悲己，为什么生六月孩儿，我又不知呀，可我的冤屈向谁诉，我无处诉。我问自身，我生在豪门却如此命苦，我真造孽呀！"

老泰和老温听完这番话，都只为生六月孩儿苦姑娘一生，悲切之情再次涌动，又一次失声大恸。老泰只管狠狠抽自己嘴巴，边抽边说："我不是人，我是畜生，我对不住我的好儿媳。"孙儿、寒梅、老温拦也拦不住，制也制不了，只抽得嘴角滴血。

天露晨曦，悲声惊动四邻，牵住路人，门前众人围似铁桶一般。大家交头接耳，似乎已明其情，无不唏嘘长叹。郑老太正焦头烂额劝着一团"哭人"。

郑老太说："寒梅呀，难也难啦，哭也哭了，"话一转，"你忘了今天是什么日子呀，是新姑爷回门的喜日子，当高兴才是。二位大哥快请家里用茶吧。"

寒梅的姑娘回门当日，新姑爷自有两位舅哥相陪。郑老太、秦老泰、老温，另择一屋，自有寒梅夫妻陪同。席间，还是郑老太先说话，因为郑老太有了心事。

郑老太心事是：二十年前，寒梅所恳继儿成人，允认祖归宗。她虽恋恋不舍，但又无可奈何。更担心秦老泰带走寒梅，恐又演出一场悲剧。想到这些，无情饮酒，懈怠劝酒劝菜，腹中隐言不觉涌到嘴边。

郑老太说："我说二位大哥，恕我心迟口钝，"她忽带畏难之色说"这次来，带走孙子我不阻拦，若带走寒梅，那你也得把我儿子带上，咱可不能叫他们唱'天河配'呀！"

寒梅夫妇万没想到郑老太说出这样的话，韩玉嗔她一眼："娘，你看你说些什么话呀！"

秦老泰一下子觉得这气场还蕴含另一种情感，不由使他百感交集。他想，寒梅一生养儿育女，又创业，含辛茹苦，她应有幸福报偿。这里的家虽富，与己家比差之千里。留给孙儿的家业，谁能说没有寒梅一份，她，包括孙儿及其后代也享之不完，况且，偌大家业，也离不开寒梅去谋划，去谋求发展呀。

老泰说："弟妹呀，你错猜愚兄之意。寒梅落你良家，我欣慰不已，亏你待她如亲生一般，我感激不尽。我若有觊觎之想，岂不叫寒梅伤上加伤，倘若再伤她心，我于心何忍。这儿是她的家，我那儿也是她的家，她应该有这两家之福，这两家都是她的家呀。我的肺腑之言，可对天表，望弟妹不要狐疑。"

郑老太听完老泰一席话，如云消雾散，心中清澈爽快，立刻喜上眉梢。

两日之后,两驾马车,两匹骏马停在门前。一驾车是老泰原驾,一驾车由寒梅安排。两匹马为两个儿子所备。大儿子继儿领媳妇随爷爷回北镇;次子福儿、儿媳,连同丈夫回娘家省亲。二十年啦,是该向父母说清遭遇之原委了。家里之事交由婆婆、女儿经管数日。

行至镇东三里之处的慈济庵,寒梅叫停车。众人皆下车、下马,步至院中,院主迎出,老幼下跪,以表往日救命之恩。老泰急命老温取纹银三百两,留作香火钱,院主推辞不过纳之。院主及道姑亲自送出庵院。院主见车马相护向东滚滚而去,眺望良久,心中感慨,自言曰:"好姑娘呀,真是菩萨示现凡尘,阿弥陀佛。"

粮商

　　他由蹲姿突起立姿，手握一短枪，朝着最后那背孩子歹徒的斜上方，砰的就是一枪。紧接一声高喊："县缉毒队在此，放下赃物，一边站队，谁跑就打死谁。"
　　万籁俱寂的黑夜，枪响和喊话，将仨贼人吓蒙了，他们并没有劫得星点财物，无奈丢下累赘他们的孩子，个个抱头鼠窜，互不相顾，胡乱钻进玉米地，各自逃命去了。只听玉米地里，留下哗啦哗啦磕绊声。
　　他提着短枪直奔孩子而去。
　　……

一

　　民国初年，一个漏夜，通往太行山西麓，有一条大路。

　　时值立秋季节，又逢月初，黑夜之色如同锅底，伸手不见五指。路的两边是玉米高粱地，形同两排城墙，阴森森，黑沉沉，向无边的前方延伸。

　　这时，有三个魅影，自西向东移动着，一随尾者的肩上，还扛一小孩儿，那小孩儿嘴里不住地嚷："放下我，叫我回家，我要找我娘。"他边喊边用小手拍打那人的脊梁，毫无畏惧之色。

　　只听那人粗野且恫吓道："再叫唤就擤你狗日井里，叫你谁也见不了，还喊不？"孩子并不怕吓，只管前挠后蹬，不停地叫嚷着。

　　正巧，自东向西也走来一人，在相距前方一伙人不足十米时，只见他飞燕般敏捷躲闪，进入路旁的高粱地。高粱棵高密过人，蹲一人于缝隙间，即便神鬼也估量不到。

　　那人突兀间，心里咯噔了一下："糟糕，碰上砸明火绑票的啦！"怎么办？是避，是拦，是喊？特别是那小孩儿的哭喊声撕心裂肺，让他悲愤不已。

　　嘶喊、求救、挣扎之声刺耳，他的血往上涌，心想："不行，我得救这个孩子，我若不救他，孩子真生死莫测。"他不再犹豫，用手指点着游离他眼前的三个黑影，"一二三。"他由蹲姿突起立姿，手握一短枪，朝着最后那背孩子歹徒的斜上方，砰的就是一枪。紧接一声高喊："县缉毒队在此，放下赃物，一边站队，谁跑就打死谁。"

万籁俱寂的黑夜，枪响和喊话，将仨贼人吓蒙了，他们并没有劫得星点财物，无奈丢下累赘他们的孩子，个个抱头鼠窜，互不相顾，胡乱钻进玉米地，各自逃命去了。只听玉米地里，留下哗啦哗啦磕绊声。

他提着短枪直奔孩子而去。

看那短枪，原是百姓打兔子的"马炮"的缩制品。装火药，铁砂，按上一颗引火用的响炮，搬起"老鸹嘴"式的推助器，扣动扳机即可打响。长筒的远可猎兔，短筒的可射鸟。像他拿的这种短筒的"马炮"近距离亦有一定的杀伤力，是当时很流行的防身武器。

他叫刘三阳，乍听名字怪怪的。只因父母皆属羊，生他又逢羊年，他父亲想：人说三阳开泰，对，取羊的谐音，叫三阳吧。传出之后，亲戚好友俱称赞名字吉利。

三阳时年三十五岁，身高五尺以上，魁梧高大，清式发辫已剃，为长发不留痕迹，索性剪为僧头，不上几日，一头短发依然黑而油亮。他头圆面阔，浓眉大眼，鼻直口方，两耳紧贴鬓角，对面难得识见。上身穿白丝绸汗衫，下身黑丝绸长裤，足蹬内联升式青布鞋，潇洒清逸，惹人眼目。

他是城里经营茶叶的商人，因生意纠缠，被迫徒步夜行。刘三阳虽是商人，却是为人正派，生意诚信为先，且能仗义疏财，处事有智有勇，胆识过人，见义勇为，不顾生死。偶遇劫匪，又见幼儿危难，岂有不救之理。他抱住孩子说："好宝贝儿，不哭不怕，叔叔不是那伙坏人，是来救你的。快叫叔叔背上你，如果坏人再来，咱俩可真就毁了。"

孩子乖乖爬上三阳脊背上，他将裹短枪的包袱套于颈，并甩于胸前，没走大道，穿过左边的玉米地，又闪身于旁边的高粱地，溜沟爬坡，沿岗上红薯地和花生地，直奔西北方向的一个村庄。

看样子他对这里的地势很熟悉。可不是嘛，他就是本地人。急奔了五里即到家门，放下小孩儿，叩响自家的门环。他摸摸二人被汗水浸透的衣衫，就像从水里捞出来的人一样，尽管如此，三阳还是如释重负，深深吁了一口气。

三阳的村名叫县东村，是三阳的故乡。他的村是两县的交界处，又处县城的东沿，故名县东村。

第二天，他问明孩子的村名，知是本县西村人，姓高，名叫亮。此村亦为压县境西沿，故名县西村。两村以西北东南相向，中间有东西流向的河称济河。它自西向东流出二十多里，拐向南约二里，又向东。孩子的村住济河拐弯处的东岸，整个村被南流去的河相拦，犹如环抱一样。出县东村至河五里，沿河有一大道东行二十多里，便是县西村。

昨晚刘三阳的媳妇，将高亮被汗渍泥土互染的衣服已洗涤，至明晾至半干，暂把儿子刘志的新衣服与高亮换上。把高亮半潮不干的衣服用一方巾包好，以备走时携带。

虽已立秋，天尚炎热，怕孩子想家，三阳想趁早，夜缊凉爽未散，也为尽躲流金铄石之烤，便唤醒高亮起床用饭。

当背起高亮于背时，媳妇把一热腾腾的白馒头，塞到高亮手里，以备他半路饥饿。这只有当娘的才能知道孩子饥渴时的特点。三阳回首向媳妇莞尔一笑。

刘三阳背起高亮，沿着河边大道，大步流星直奔县西村。这时天朗气清，湛湛的蓝天，翠绿的田野，清风习习，鸟儿鸣唱。高亮笑了，三阳也笑了。他们的欢声笑语，和莺歌燕舞融合成一体。

沿河边，又徒步二十里，只见东流的河水，忽地向南拐去。河东岸现一河堤，宽丈余，长一里；青石斜坡漫铺，阳光下，如层层鱼鳞闪耀。堤上，也由方石砌的平平展展，似一亮带，萦绕于河东村庄。三阳巴望，堤上行人、挑担者、推车者，往返不绝。三阳背高亮，绕堤后大道，再穿过一片杨树林子，顺一条曲径，直向村里走去。三阳不禁浮想联翩，想起义举修堤的高满仓。

前年，高满仓出资大洋四千元，招募民工三百人，两月修成一里远近的长堤，秋汛来时，沿河百十户贫苦百姓，从此免遭洪淹之苦。

三阳想问背上的高亮，是否是高满仓之子。是啊，劫匪从不抢穷人子女作人质的。他问背上的高亮，父亲是否叫高满仓？高亮的脑袋摇得像拨浪鼓。三阳茫然，说不定是别的富家之子吧，又转想，三四岁孩童知其父姓名者，总是微乎其微，自己不觉摇头好笑。

三阳不再问什么，径直顺东西大街疾步向前。行不过百米，孩子就抓蹭着要下来，指路北一门楼高喊："到了，到了，这就是我家。"接着出溜下来喊，"爹，娘，我回来啦！"

三阳翘首门楼，街心至门楼，有五层石阶筑就，倾斜适宜，坡度丈余。漆黑而敦厚的两扇街门有万夫莫开之威。门楼一如明代模式，虽非雕栏玉砌，结构却是玲珑剔透。放眼院内，一色青砖铺地，四合院，房房相对，错落有致。看来此宅百年之久，非当下主人所造，这从屋宇色彩，和历史所留得痕迹，便可以断定。但它的内涵之坚固，韧力仍犹存，不是贫民陋房所能比。

高亮一声"爹娘"的呼唤，犹如喜鹊忽鸣枝头，只见堂屋惊出一对夫妻，女人虽惺忪两眼，但听音熟贯耳，踉跄出屋，如抛一线牵引高亮，两人相抱，耳鬓厮磨。娘孩紧依，悲喜交集，不由失声痛哭。

父的眼睛既顾孩儿又顾来客，主与客凝眸相视。三阳观此人四十岁年纪，略高己一指，清辫虽剪，短发尚留，盖耳护腮。头似圆月，宽颌面阔，浓眉凤眼，鼻直口方。身穿粗布白汗衫，下身黄粗布长裤，足踏亦是内联升式布鞋，外露正派善良气韵。又观伤感之妇，端庄秀美，布衣荆钗，虽抱孩儿悲泣，亦有西施伤感之容，想必当年身姿婀娜，引人眼目。

不知何故，三阳灵感闪念于心，他想："高亮有命。我亦有运呀，莫非救婴，婴引遇贤，寻找到梦寐以求的好友，真神奇呀！"他愣怔间，忽觉一手触握于他。

高满仓紧紧拉住三阳的手，不胜感激地说："我是高满仓，人称我老仓，你救了儿子的命，真是我全家的恩人呀！不知贵姓大名，何处高就？"

三阳以敬佩的眼神面对老仓说："啊呀！大哥，可别这么说，我什么大名呀，本一百姓，今日见你，三生有幸呀。我在我县城内开一茶庄谋生，家就住十里外县东村。"

"好啊，我也是做粮食生意的，在本县城内有粮栈……哎呀，快快请屋里说话。"老仓拉三阳进屋。后随老仓妻子，怀抱一幼儿，手拉高亮。原来他们有两个儿子，次子高宝仅一岁。

三阳将高亮被劫之事细述一遍，夫妇俩不由毛骨悚然。

高妻诉说道，昨日深夜，高满仓并未在家。三个劫匪翻墙入室，搜不到金银财宝，于是携走高亮以作人质。声称三日黎明，河西岸独柳之下，投银圆三千，以银换子。如若不然，天明暴尸河岸。

高妻一声悲哭，一声控诉，一声忿斥。只见她抱幼拉小，向三阳要施以跪拜，相谢救命之恩。

三阳急扶说："大哥大嫂万万不可。"羞色满面地说，"小弟微举，任人可做，如此大礼，岂不折杀小弟的脸面。"

三阳站起，拱手揖别欲行，被老仓掎拦。片刻，只听院内哄哄嚷嚷，有三十多人提鸡的、提蛋的到院，祝贺高亮脱险回家。三阳见众邻这样亲近高家，身临其境的他，腿哪里挪得动，嘴不能语，面却绯绯，只好听任安排。佣人告知酒席备好，老仓邀账房先生张自清陪客。

张自清跟随老仓二十年，忠诚干练，人称是老仓的影子。昨晚，家人报信，他跟老仓急赶回来。多年来，总是在危急关头，老仓身边少不了老张。现在眼见小东家被救，即时设答谢喜宴。

商人的机灵，在于酒席中不贪杯。老仓今天可破例了，他想，三阳真乃豪杰，有胆有识。尚能临危不惧，见义勇为。舍生忘死，堪称人中君子，这不正是自己的慕名之友。三阳识老仓可学可敬，可依可托，若能终生相扶相助，是他三生之幸。二人开怀畅饮。

只见账房先生老张忽进忽出，难稳席坐片刻。他唤老仓转于内室，递于他一托盘，盘中放十封银圆。老仓会意，将封银献于三阳面前。

老仓面带感激，对三阳说："老弟见笑，微些之物不成敬意，实难报救小儿之恩，万望笑纳，恕我慢待之礼。"

三阳挡住托盘，拒不肯接，说："大哥此意我已心领，如此厚礼馈赠，我实不敢领。施惠无念，自古常理，倘若受赠，你叫我，人出不得屋，足踏不出院，如何抬头做人。如若大哥逼小弟，是叫小弟早辞，我即告退就是。"

老仓急拦说："老弟错会愚兄之意，此是我真心相报。你救亮儿一命，又不辞劬劳送至归家，实实无有重礼相送，区区微薄之物，弟不纳之，我真于心不忍。"

三阳说："大哥如若真心，我有一事相恳，万望应允，我不喜金不喜银，只望求大哥一个心愿。"

说完三阳呈现羞涩畏难之容。

老仓说:"兄弟有话只管明说,只要我力所能及,倾尽全力,在所不惜。"

三阳说:"我愿与大哥结金兰之契,终生友好,不知肯接纳小弟?还望谅解我大言不惭。"

老仓哈哈一笑说:"我倾慕于弟,也有此心愿。"他看一旁微笑的账房先生,说,"你看我俩想到一块了。"

账房先生说:"今日真喜上加喜,父子团圆,兄弟相结,另择吉日,我备案焚香,亲自主持,完成你们金兰缔结大喜。"

光阴荏苒,不觉二十年过去。二十年间兄弟和睦相处:虽不同行,却是同助,各自生意兴隆不一一细表。

民国十八年春,三阳执意欲往江浙,考察茶叶生意,拓宽绿茶的进货渠道。得知信息,老仓既支持又牵挂,牵挂他游历在动荡社会的大漩涡里,能否搏出茶商的新途径,真是前途莫测。老仓无奈,只好送千枚银圆以资路费。临行之日,三阳只带刘远做伴。刘远为次子,已十九岁,小学已满,志趣于随父做生意。三阳形似携其做伴,意在让他去见识学生意。在火车站,老仓叮嘱三阳说:"生意不管逆顺,切记善护其身,早去早回,免得妻儿在家悬念。"老仓拳拳相告,三阳不由以袖拭泪,老仓亦挥泪作别,目送父子二人登上南去的火车。

二

第二年春天,有一段时间,老仓常心神不定,忐忑不安。主要是两件事:三阳走后,一年居然没有音信,揪心。前几日,在山城集日，籴谷十袋，结果，分别从三个口袋，倒出一千枚银圆。怎么办？寻那主儿吧，觅无踪影，闹心。

这日又是山城逢集。东方发白，吃了账房备好的早餐。提上竹篮，拄上竹棍，打开侧门，抬头望望天色，这种早行出门动作，多年依旧，他本人并不觉得重复。刚投足间，触到脚下有一拌挡，将他向前跄蹱了几步，几乎摔倒在地，他狠狠啐了一口，自言自语道："晦气。"当回头时，只见一人，蜷缩于房沿下，蓬头垢面，衣衫褴褛，像从暄土窝里爬出来一样。那人惊醒，睁开迷惘的双眼，急急指指嘴巴，意思明显，不是渴就是饿。老仓以为他是哑巴，顺手也指指自己的嘴巴，拍拍肚皮，问是否渴饿之意，那人鸡吃米式地点头。

老仓向屋里喊："老张哪，快把他弄进去，给点吃喝，问他到底怎么回事。"账房老张依命领人进入粮栈。

老仓一上路，便开始想，想那日集上籴谷的事儿，这事儿怎么就这么怪。他想，那都是布袋对布袋倒的谷呀，焉能从三个布袋倒出三封银圆呢？两封各三百元，另一封四百元，怎么？倒布袋居然就没察觉，一千枚呀！他终于想出原因所在，自语道："可不是嘛，袋口对袋口，那钱且封得紧而又紧，怎么会听得见，况且神仙也不往粮袋储银圆上想呀，真是阴差阳错，不该发生的事嘛！"

老仓心里祷告，这个集，让我找到失主吧，失主想必比他还急，说不定已等在粮市了。老仓想起那天购谷的情形，谈好价，付了钱，不想有人找他商议别的生意，他只觑了卖谷人一眼：黑黑的，大高个儿，体壮如牛，典型的庄稼汉架势。当时有人呼他黑牛，老仓扑哧一声，名字加一黑字，真没枉他一身黢色。

老仓今天不购粮，目不转睛盯那日粜粮的黑大汉。粮市的摊位长度不足百米，他一目了然。他在人群里挨挤着，多么希望有人呼他、拽他，抬眼正是那枭粮的黑大汉，那该多好。可是茫茫人群，哪位才是那人。他只好前一趟，后一遭。左一转，右一旋。若在人稠处，常扳住众人，简直如面面相觑，只怕错过物色的对象。

"今儿是怎么啦。"他想，像大海捞针似的，楞瞭不到他的人影。这时已近中午，老仓实觉肚饥，他累得百无聊赖，在就近找个饭摊儿，一碗饸饹面，两个烧饼，边吃边留神来往的人。人有心事，饭不在眼。平时这顿饭不在话下，眼下只好将半块烧饼丢在竹篮里。他坐在一块方石上黯然神伤，却又像守株待兔似的空发幻想。他想，至这一等，恐怕恋黑。他很懊丧，只有扛起竹棍，提起竹篮，还去走那三十里山路。未实现愿望的他，深感疲惫不堪。

路上，老仓对千枚银圆依然萦怀于心，对钱藏在谷袋一事深切分析：防盗？有道理。防抢？也有道理。那年月，百姓对明火执仗，夜入民宅，谓之"砸明火"者，无不恐惧，都恐惧这些流氓地痞，所以多有防备措施。这伙贼入室只索银钱，或绑架小孩儿以做人质，以押孩换银。他们不扛粮食，那沉甸甸的，又不值多少钱，谁肯卖那力气。所以藏银于谷袋不失为聪明之举。遗忘？即便钱藏于粮，枭粮时又何尝想不到钱藏于粮呢？按理说，钱对人很敏感，就以常人而论，别的可以忘，唯独钱藏在何处总不会忘。可为什么会忘呢？难道不是他的钱，别人栽赃与他，他至今尚不知道？老仓左思右想，百思不得其解。

老仓在路上，突踏突踏地走着，像不急走的黄牛那么平稳。几十年来，在徒步中他练就两种行路步伐。据他说，一种叫牛步，一种叫马步，两种步各有各的用途，牛步用作生意后算账，或思谋别的问题。如果事情紧急，或为赶路程，比如惧恋黑时，就常以马步的速度，加快行进的节奏感。

他不像别的商人，从不骑马，不坐车，步行了几十年。他的拉粮车常在他之后，而且各集都有指定的位置，他只一招呼即到。他所提的竹篮也不一般，分两屉，下屉装钱，多是装银圆。依银圆的直径，设五个沟槽，一个沟槽可排二百枚，共计可装千枚，不管怎么摇动，半点不露声响。他所拄的竹棍，是朋友所赠的峨眉山紫竹，直径两公分，长两米，既可助力，又可撵狗打狼防身。他还会学乞丐的模样，并且佯装得极像，尤其装扮盲人乞丐，到了以假乱真的程度。这些伪装的手段，平时并不外露，万般无奈的时刻，以防盗贼，掩人耳目，就作为脱险的伎俩。他偶尔在家表演一番，逗得妻小哄堂大笑。

红日西沉，山坡下和山坡上分出一暗一明的风景线。他顺着下山的羊肠小路，不时极目眺望，山下平原裸露处，那零星又不规则的村落。隐约间，在离他不足一里远近，现出一撮人影，不即不离，手中似握一物，左顾右盼，怎么瞧，也不像赶集人在歇脚。此种迹象，使老仓不由毛骨悚然。"劫道的。"他不禁失声呼出。

原来这三人正是二十年前劫持他儿子的三个歹徒，为首的叫牛头，已四十多岁。他叫牛头，酷肖牛头的面孔。见过牛头的人说他，准是从阎君处溜出来的。不信你看吧，很快阎君就把他给收了，总不会叫他老祸害人。那两名唤作：岳三、侯四，二人与牛头同岁，生就鹰鼻鹞眼，尖嘴猴腮。因气味相投，趋之若鹜，可称亡命之徒。数次被县衙捉进囹圄，是几出几进的累犯。只是恶习不改，重操旧业，兽聚鸟散，祸害百姓。老仓对三人一概不知，只知这半山腰又遇上小毛贼。谁料到那牛头，他算计老仓并非一日，只屡屡不得手，但他从未放弃，仍藏匿劫持高满仓的贪婪之心。今日料定老仓由山城集回，必经此路通过，便作下埋伏，企图清洗老仓身带的财物。不成，就以卑鄙下贱的手段劫持人，押人质索财。

牛头对岳三、候四说："大个头儿，圆头阔脸，气宇轩昂，浓胡须，走起路来咚咚的，估量他六十岁年纪。"又悄悄低语，"搜出钱就放人，搜不出钱就押人。二十年前没押住他小子，今天就押他老子。只要押住人，不怕他不给钱！"

　　岳三说："大哥放心，二十年前他闪过去了，今儿叫他插翅难飞，我哥俩做个漂亮买卖给你瞧，大哥你就瞧好吧！"

　　牛头说："我相信你俩的手段，扳倒老仓不成问题。但要认准人才下手，千万别认错了人，弄脏了手，再失了这个机会。"顿了一下又说，"我还有别的买卖去做，等会儿，就来看你俩这手露得咋样。"

　　说完就骑上那匹瘦马，晃晃悠悠地走向山坡那边去了。

三

　　再说老仓，眼见天将暗，又走在半山坡上，眼睁睁瞧住那两个鬼祟黑影，似针扎在身，惊恐万状。继而又理智镇定下来，心想，不可乱了方寸呀，心乱则身乱，身乱必失魂落魄。若显变态，恐被贼人看出隐匿财物破绽，只恐晚矣。我死并不足惜，只是这身外千元之财，乃他人之物，落入贼人之手，叫我于心何忍。斗！跟他们斗一斗。他巧旋于路边水坑处，避开了前方的视线。蹲于大红石后，顺手抓一把坑中稀泥巴，轻搓面部和胡须。摘一撮青草揉烂，擦刮脸部泥巴。只见青一块，红一块，紫一块，与刚才富翁相比，倒箨（tuò）出一副乞丐模样，将短发束起，使一缕青草扎住，那竹篮在泥坑中涮了一下，后提起竹篮在自身上下胡乱甩溅一番。薅几把野韭菜塞在篮中，竹棍也摸了泥巴。然后屈身探颈，眼半闭半睁，嘴巴一张一翕，口唱鼓词："人留儿孙，草留根，人留儿孙防备老，草留深根等来春。"一路直奔两个黑影而来。

到了二匪面前，竹棍左右乱点，因心里总有一丝恐惧袭身，就连那口中鼓词，也变得哼哼唧唧，含混不清了。这二匪见一讨饭盲人，不觉晦气。坐在石头上，另眼相睇，并未半点举动。只听一位说："站住，不要动，动一动，要你狗日的命。叫什么？哪里人？"老仓胡乱编套瞎话糊弄他。他将老仓周身上下仔细摩挲一遍，看那脏而旧的竹篮里的几撮山韭菜和半块烤煳的烧饼，瞧瞧老仓脏兮兮的衣服，加之老仓盲人常态，对人说话时，总有上下翻眼动作，老仓对这套学得又熟练又好笑，搞得他俩十分腻歪，说声，"滚！"没有查出结果，懊丧地说，"他娘的，瞎子也恋黑，只怕你走到天明也看不到亮堂。"

另一个以嘲笑口气说："走他娘的慢点，掉到沟里就要了你狗子命了。"他好像想起什么说，"后边还有人吗？"说完，他觉得问话有点多余，一个瞎子走路，怎么知否有人随尾呢，不觉好笑起来。

老仓不敢怠慢，对问话只管胡乱点头，竹棍却虱点的异常急速，恨不得像飞一样离开二人的视线。在逃脱二人视线百米之后，踏一斜路，以小跑的速度，喘着粗气，在县东村西口，一块方石上坐定。

不足吃顿饭的工夫，牛头骑马回来。他想，这回抓老仓是十拿九稳，急不可待要去数钱呢。哪知，所遣岳三侯四二人，像两堆泥滩，还直挺挺坐在石头上抽烟。他观之诧异，不由面带烦躁之色。

"怎么，还不见过来呀？"牛头问得急切，"不会恋大黑吧。你们给我说说，都过得什么样的人。"

"没过什么人，"候四不在意地说，"只走过一个拄拐棍的瞎子，那脏不邋遢的样子，怎么也不像你说的老粮商吧。大哥，只怕你算错了。"

"你说什么？"牛头以责问的口气说，"竹篮，拄拐棍？嘻，那就是他，他那样是装扮的。"牛头敢这样肯定，是以前曾经窥测过老仓的原因，这两个蝇营狗苟之辈，从不识老仓的面容，故使老仓逃过一劫。

候四说："那咱赶紧追吧！"

牛头说："追个屁，"一指前方的县东村说，"再追，就是羊往虎口里赶，怎么，不想活，活腻烦啦？我说你俩怎么不走一点脑子，笨蛋！"

"那怎么办，"候四懊丧地说，"想捞稠的，最后连口汤也没喝到，倒了霉了！"

牛头说："怎么办，还能怎么办，撤。"

说完，二人跟随牛头灰溜溜消失在夜幕里。

老仓用拐棍触下竹篮，侥幸千枚银圆还在，这就等于说，他没白经历一场惊险，总算保住他人的血汗钱。钱这东西，散而易，聚而难。他想起劫道的强盗，忒可恶。你说，他心里自忖着，偷、抢、砸、绑，去弄有钱人的财，弄到钱以后，你也学个劫富济贫，学吗？可都干了啥呀？到酒楼妓院，能看到他们的影子，尽把钱吃喝嫖赌，挥霍无度。老仓跺了一脚，自语道："怪不得百姓说，阎王爷白给他们披了一张人皮。猪狗不如。"他又想起佛经曾描述，他们只不过是一伙儿饿鬼而已，早晚还要被罚到阿鼻地狱。他恨这伙人，恨得坐在石头上又狠狠跺了两脚，这两脚，像是跺出了一口恶气。

桑榆唱晚，老仓的心情稍稍平静，望望不足百米的县东村。这是他盟弟三阳的村子。他俩结拜后,也只是互认家门,有过一次造访。在以后二十年里,虽见面颇多,也俱都在三阳的茶店里相聚。自三阳去江南问茶以后,一年来,他曾陪老妻,亲赴盟弟家问候一次,后派儿子送过两次精米精面。至于他个人,也可能碍于闲话之因,从未单独面会盟弟之妻。

今日,实逼此处,路遇凶险,虽已脱身,但身带之财何以安置?可眼下,暮色近庭,举目田野,灰暗不鲜,向前行二十多里,吉凶难测。倘若再遭三长两短,伤身失银,岂不空怀惆怅,遗恨终生。

老仓前思后想,嘴角露出常人不易察觉的自我嘲笑。心里责备道:小家子气嘛,死要面子活受罪,只管顾忌脸面,难道脸面,比人家那笔财富,还值钱吗?唉,陈腐!正确思维一瞬间,明确方向一大步。老仓不再丝毫犹豫,扢起竹篮,拄起竹棍,不慌不忙向县东村走去。

老仓的目的十分明确,暂且将千枚银圆放在盟弟家中,哪一天找到失主,再来取不迟。盟弟的家人,于己家人无二,牢靠得很。他继而再往回返,就没有后顾之忧了。也许是,他下意识,一低头,眼扫自己很狼狈的模样,暗自好笑。除非重遇刚回的歹人,谁人能分辨出,他竟是个富翁人物。

走进村里,但见牛马抻引入圈,鸡爬窝架,狗卧门洞墙边,街筒子上空,像帐篷覆盖,街前街尾,呈现昏暗不清的景色。有些门户,半开半掩,窗户露出微弱的灯光,不吝啬地向外飘忽。

老仓走进三阳家,似曾相识的门楼映入眼帘,向院望去,四合院依然是恬静安闲。

他喊一声:"三阳家里在吗?"

只见一年轻妇人迎出,见他乞丐模样,有意搪塞敷衍,便说:

"你看，还没做晚饭，先去别的门儿吧。"

只听堂屋传出话来："谁找我呀？"

"我呀，你老仓哥。"

随音三阳妻走出堂屋："大哥呀，快屋里坐。"转向那小妇人说，"快去沏茶、做饭，要叫大爷，知道不？"小妇人茫昧地点着头。

老仓进屋摆手说："茶呷一口，不用饭。"

三阳妻说："大哥向晚来家，怕有急事？"马上改变口气自责地说，"你看我病兮兮的，走不出门，也不能去看望大哥大嫂。"

她说话间，打量老仓，只见周身上下，满带污秽之迹，灰色涂面，发散嵌草，不由面呈惊讶之状。

三阳妻命那小妇人，用铜盆端来洗面水。老仓以水清去脸部的硌疤，边整理衣冠，边讲扮演此角色的原委。三阳妻听后倒吸了几口凉气。

老仓观灯下三阳的妻子，头发蓬乱，脸面黝黄，两眼凹陷，气色懊丧，说话有气无力。以往俊美端庄之貌，尽扫得无影无踪，老仓倍觉惊异。

"唉，"老仓叹口气说，"我也琢磨不透，他父子俩到底咋了，按理说不会有事儿，俩人厮跟着……"他的意思是：不会俩人都出事吧。但他实不愿意向深处解释。

"我也这样想，"三阳妻很无奈地说，"可一会儿又那样想，总胡思乱想，还净往坏处想。今年不知怎么了，日子过得不稳妥——人走的无下落，财破的甚是蹊跷，只落得人不得见，财无处寻，我也不知上辈子造了什么孽。"

老仓说："人是会回来得，至于财，破点也不算啥。"老仓说的破财，意为三阳外出的消费。莫非还有别的破财之例？出于责任心，他想一探究竟。

四

三阳妻正想往下说,只听门外一男人说话,问院内那小妇人:"谁来啦?"小妇人答:"不认识。"那人不再言语,掀帘进屋。

老仓和来人二目相觑,各自俱都愕然,心里的问号十分统一:"怎么是他?"

那黑大汉不是别人,乃是三阳妻娘家的侄儿。三阳外出,大儿子在城里料理店铺,他夫妻就常来家帮扶家务和农事。黑牛见到老仓,怎么也猜不透他竟然将钱送上门来。他心生感激之情,重新给老仓斟上一杯水,并坐在桌的侧面。

"要不是给我姑去看病,我是一准到集上找你。真想不到你找上门来……大姑,你怎么认识这位大哥的?"显然他一点也不晓得,三阳和老仓的兄弟关系,当一生人对待,也就显得无拘无束。

"这小子,辈儿弄错啦,要叫大爷才是。"三阳妻脸露尴尬说,"说什么醉话,还赶集、还找上门,怎么叫我这样费解,你知道他和咱是什么关系?"

黑牛不管三阳妻怎么说,好像一句都没听进去,说:"大哥,不,大爷,那……"

黑牛想说丢钱的事儿,迫不及待催问,是否送钱上门。

只见老仓笑着走到黑牛面前,说:"我可是整整找了你一个集,什么生意也没做。在人群里只顾寻你的影子,愣是找不见呀,要不是碰到贼人劫道,在这儿巧遇你,说不定还要找你几个集呢!"

三阳妻顿时明白了一切,这千枚银圆是由她藏在三个谷袋里的,她以为藏在谷袋里比什么地方都保险,都稳妥。谁知,整日一股脑想远行的他父子,早把藏匿银圆忘得一干二净,就在粜粮时,也未曾想起。黑牛更不知其中秘密,以至铸成大错。

那日,当黑牛卸下牲口后,三阳妻才想起,粮袋还装着千枚银圆。

三阳妻问黑牛:"口袋里的钱,倒出后拿了吗?"

黑牛纳闷地说:"你是说粜谷子的几袋钱吧,那还不拿。"

三阳妻说:"傻小子,谷口袋里还装着千枚银圆哪!"

黑牛像只闷葫芦,呆呆站在院里,说不出一句话。

老仓觉得这事太稀奇了,粜了十袋谷子倒贴一千银圆,怪不得刚才说破财的事儿,原来那话的真正含义在这里。老仓毫不犹豫即去揭那篮子盖,要倒出千枚银圆,却被三阳妻用手按住,老仓不解其意,面露懵懂。

"大哥,你不用拿了,"三阳妻瞟一下狐疑的老仓说,"这钱原本就是还你的。他父子俩远走他乡,不知何时归来,你的生意要做,也需要本钱,我听说,生意以本求利,本小则利微,利微何来拉力。这生意经绝不能这样念呀!"

老仓说:"话虽如此。何为本?齐年算账,人在够本。何为利?获仁义之利方为利。无人无义赚钱有何用。"

三阳妻说:"大哥不可误解,我只是想,先把钱还给你,执意要等他父子回来,真还不知要等多久呢,想起来是那么缥缈。"说完面溢凄楚。

老仓有些发急,说:"我说弟妹,你要还钱我不拦,可不是这时候,除这时候,你还,我接,你现在还大哥的钱,不是拿巴掌扇大哥的脸吗?"

老仓说着眼里也是泪涔涔的了。他以喝水掩其悲怆的面容,嘴里却不停安慰三阳妻,放开心量,保重身体,根寻三阳父子之事还需从长计议。

三阳妻劝慰老仓,休歇家里妥当,明日再行不迟。

老仓借口粮栈事急,不肯留宿,执意夜行回家。

三阳妻只好差黑牛护送。黑牛扛起钢叉,绽露年轻人身强力壮的姿态,与老仓并行不悖,如同鲁智深护送林冲一般。

离家三里不远,黑牛方告辞返回。

五

第二天一早,老仓就从家里赶回城里粮栈。一眼发现账房张自清的旧衣服,披在清扫洒落谷粒的人身上。

老仓问:"你是谁?"

那小伙直腰抬眼,愣一下:"我……"突然改口说,"哦,你是掌柜的。我是被您救的人呀。"

这小伙就像换了个人似的,已改乞丐腌臜模样。

老仓上下打量他的相貌衣着,约五尺多高,明眉大眼。头圆脸阔,鼻直口方。英俊潇洒,惹人喜爱。

账房老张拉老仓于屋内,告诉他,小伙原是冯玉祥部队的兵,因老蒋北伐,在战斗中负伤掉队,身无分文,食不果腹,扶杖乞讨至此,几乎濒临死境,多亏你救他一命,如阴还阳一般。他想在此做工,挣点盘缠,以资回家路费。

老张说，他原是浙江绍兴府人，还念过高等小学呢。账房老张一股脑儿将小伙简历叙述一遍，只等老仓的断定。

老仓向干活的小伙招招手，示意让他近前说话。

老仓问："你叫什么名字？"他顿然想起他是南方人说，"你会说国语不？就是标准语音，会说，就慢慢告诉我。"

小伙不言语，顺手拿起柜台笔架的毛笔，打开墨盒，老张会意，递去一张纸，只见挥毫写出："浙江绍兴府人，贱名周立仁，高等小学文化。"

老仓和老张俯首看那几行小字，行书字体，飘飞处，韧而含刚，点捺间，工正秀美，还真是一介书生。

老仓深感巧遇周立仁，是一大幸事，且对他的文化心悦诚服，留下他做工，已酝酿成熟。

老仓说："我说小周，你愿在我粮栈做工，挣路费回家，我留你。一月两枚银圆，管吃管住，行不？"老仓怕他听不懂，几乎是一字一板讲完这两句话。

周立仁使劲点点头，表示同意。

从此以后，聪明的周立仁很注意学习方言，十分留心老仓说话的语句、语式和语调。老仓也从生活用语，教他发音念字，教他粮食贸易中的行话：卖主称掌柜，陈粮即旧粮，新粮为当年的。成交后叫算账，行夜路俗称恋晚或恋黑。至于粮的称谓：谷子、高粱、大豆、小麦、玉米，俱都告诉他。三县民众，各有不同称谓，某县称玉米为玉荽、某县称棒子、某县就称玉秫秫。吃喝拉撒，衣食住行，作坊的名称，老幼男女，油盐酱醋，凡他的疑问，都一一给予解释，仅两月时间，他博闻强记，融会贯通，很快就排除语言的障碍。账房老张得一助手，省力不小，他不止一次夸周立仁的算盘打得好："那算盘打的，脆生生像崩豆，"张自清一手划拉脑袋，仍自语，

"加减乘除的算法别具一格，这小伙有韬略。"

老仓偶尔也站在周立仁身后，看那白皙而又嫩的小手，就似沾在算盘珠上，让人眼花缭乱，头晕目眩，情不自禁地说："真是个人才呀！"

老仓的粮栈，在县城当为独树一帜的大粮栈，每天约千斤成品粮供酒坊、醋坊。而米、面、粮制作，在家里设有碾米、磨面的制作坊，由他夫人和儿子督办。副食品均由张自清统一安排发往县内外。还有傍晚日采购的千斤粮食入库。安排明日销售的品种，每日直到黄昏以后方才歇脚。搞得粮栈几位伙计个个摸黑儿回家。

周立仁在粮栈早起晚睡，运粮十里开外，入库直到傍晚掌灯。在人前或背后从不懈怠懒惰，番经他手的存粮和售粮的账目日清月结，无一差错和纰漏。

要不说，气盛属年轻。虽然累了一天的周立仁，晚间总要捧书夜读至深夜。空闲时，常凝眸南去的飞雁，因至晚秋，哀哀鸿鸣，不禁勾起思乡之情。

周立仁思乡，也引起了老仓思念三阳的惆怅。他想，现已近寒露之季，早晚初有寒气袭身。衣服由单变夹，行动汗不浸身。迎面凉凉吹风，常叫他愁眉紧聚，心事重重。心想：三阳弟呀，你怎么还不归来。

往日，老仓在粮栈，也是个闲不住的人，靡事不为。可这几天像变了个人，总精神萎靡，眼光呆滞。他看着正在出入库、倒运粮食的账房老张和周立仁，他们组织佣人一车进，一车出，搬运粮食且从容不迫，有条不紊地做着活计。你看他，眼色投瞅处，却心不在焉。活儿稍停间隙，便凑近周立仁搭讪。他蛮诚恳地提出个新话题，让周立仁猝不及防，也感匪夷所思。

他问周立仁："江南现在天气是什么样子？"

周立仁说："江南？"他一时回不过问话的味儿就直说，"江南现在是青山绿水，晚稻正收，秋茶已采，丹桂还有余香，花儿怒放不败，天气虽散酷热，单衣并不与季节违异。"

老仓歪着头，聚精会神听着，像是看一位好戏角儿，正面对他眉飞色舞的表演，笑着说："小周呀，江南这么好，咱去你家玩一趟，看江南的美景，不知你肯领我去不？"

周立仁起初很奇怪，越发不可思议，老掌柜怎么蓦然提出这样的问题。他在粮栈这么显赫的身份，加之秋粮收购的繁忙之季，商铺怎么能离这个至关重要的人物。但转念间，他想，老掌柜不会单纯去江南赏景那么简单吧！定有隐情在内。老掌柜显然有韬光晦迹之隐。主不明言，仆何以直说，只能摸石头过河，探问以试。

周立仁笑着说："老掌柜怕不是游江南吧，是想做江南的粮食生意？"

老仓面露无奈说："兵荒马乱的，北方的生意都做不好，还江南呢！"

周立仁说："那就是寻亲访友，想你老定有亲戚在江南，"他觉得起先的想法有些偏差说，"你老愿去，我就给你当向导，你说上哪儿，我就领你去哪儿。"

面对诚实的小伙计，老仓当晚拉周立仁于屋内，道出去江南的实情。并希望立仁能当他的向导，也希望周立仁早日与父母团聚。老仓筹谋的就是这个两全其美的意图。

老仓温情脉脉地说："我已掂量出你是个好小伙，也揣摸出你思乡的心情。你经历风风雨雨，枪林弹雨，颠沛流离至今。你怎么能不想家呢，家里又怎么能不想你呢？"老仓话题一转说，"别说我有事去江南，即便不远游，我也不能硬撑你攒够路费再走，我不再惜那几枚银圆，在乎的是人的亲情。"

他把和三阳结拜，三阳救儿，三阳又去江南考察茶叶生意，一年多来未归，细细倾吐给周立仁。可以说，老仓一点也控制不住自己的情感，实在隐瞒不住内心的愁绪。

老仓很激动地对周立仁说："你说我弟媳妇，思夫想子，疾病快快。这和你亲人想你是一样的道理么。"

周立仁此刻泪流满面，离家仅只两年，自己却经历不堪回首的苦难，苦难中若不是遇此善者相救，生命岂不客死他乡。他越发感触主人良善人品，感触他知遇之恩，对主人的义举又怎么能不尽心协助。

"老掌柜，"周立仁觉得这称呼更亲近说，"在这儿我生你熟，在上海，尤其在杭州、绍兴，凡一州三县百里茶乡，我皆熟悉。我父亲就是茶商……"只沉默片刻，眼光晶莹，哽咽嘴笨，抹把泪说，"依我眼下处境本不该讲身世，恐惹人非议。我父是绍兴茶商，在沪杭均设有分店。我十七岁在沪被诱拐抓丁，在老蒋上次北伐中，不知怎么混挤乱军之中，后负伤被弃……"

老仓倾耳听完周立仁的诉说，不禁跺脚愤慨说："既不为民，也不虑国，你杀过去，他杀过来，祸国殃民，什么世道嘛！"他拍拍周立仁肩膀说，"孩子别难过，苦尽甘来，总算跳出混乱不堪的队伍了。"

为了回避心酸的往事，老仓换了话题说："小周呀，咱们这么着，你在这干了近仨月，我给你按一年的工钱算。我也别说多，你也别嫌少。题另，咱一路住行吃喝，我全包，再带三百枚银圆藏于你身，做咱的盘缠。你能给我带路我就绕近多了。你看我的盘算可行，你满意，咱就依据天气，选吉日南行。"

老仓给的报酬过量，周立仁直摆手，笑着说："我当好向导、翻译，保证老掌柜不受路欺话欺。只要记准他父子的去向，总能打听到他们的下落。只是你给的报酬,实实过重,我不敢领受。"

老仓此时激情满怀,连连向周立仁示意,不必再论钱的事儿。此刻,他已经映出老当益壮,跃跃欲试精神。

六

不日,主仆二人出发南行。家中自有账房老张经营料理。随行有周立仁护卫。他们坐车、乘船、雇轿,有时也无奈步行,不几日便到杭州。他们在杭州茶区遍访三日,茶农、茶商、茶馆无一不问,问话皆有周立仁担当,老仓只一旁张嘴结舌,播音犹似哑巴一般,只到周立仁翻译后,才啊啊地点头。

最后一日下山,在一家茶馆歇脚,沏一壶龙井以解爬坡之乏,即便功夫短暂,周立仁也不肯放弃根寻的机会。因买下茶座,茶堂小伙计招待伺候热情异常,客人问话,有问必答。小伙计乃上海人,口讲沪语听音如歌,这也难不住周立仁,他是在上海做过生意的,口出沪语如摇铃倒臼。

"侬寻萨人咯?"小伙计问。

周立仁告诉他年龄、相貌,以及说北方语言等。他说,畴昔有父子模样的二人,操北方口音,要去安吉做茶生意,因一年有余,细节他不好描述了。无意间,偶得三阳父子信息,真喜出望外。喝完茶,小伙计向他俩招手:"宰(再)会!"

老仓不解说:"什么是宰会?"

周立仁说:"就是北方回见的意思。"

老仓笑说："这南方话，我半点都听不懂。"

终于踏上绍兴的故土，周立仁闻那气味，就觉十分亲切，老仓除感气氛湿润、浸喉外，同样产生周立仁的思乡怅触。周立仁如鱼得水，似鸟归巢，兴奋异常，不能言表。举家人相见又惊又喜，周立仁备述老仓搭救之恩，周父无不感激万分，殷勤款待。老仓视其家业、商铺阵势，在绍兴可算富商之首。

住过两日，周立仁父子，陪同老仓前往安吉，寻访三阳父子。他们遇水登舟，逢路乘轿，住行吃喝绝不肯叫老仓花销，真叫他于心不忍，亦无可奈何。他们终于在安吉县河弯村找到三阳父子。

三阳乍撞老仓，惊诧之态，神志如醒，三阳紧紧握住老仓的手，眼含凄楚，半晌无语。三千里路行程呀，过黄河跨长江，山山水水，日日夜夜，数日兼程，三阳深知其中之味呀。他很难想象，老仓已年近六旬，其间艰难周折可想而知。

三阳倏忽间，觉老仓远涉千里，必和自家的事有关，情不自禁地说："大哥，家里出事啦？"

老仓神态自若，嫣然一笑，摆摆手说："家里没事，没有，没有。"他拉住三阳的手说，"家里人是怕你出事呀。一年多没有音信，人无踪影。人在千里之外，盘缠有限，四百多天啦，怎不叫家里人心焦忧重。"

三阳听罢脸露自责之容，同时也很疑惑说："我写了三封信，三次不见回信，我很纳闷，"他很不理解地说，"能收到信就好了，我把暂不回的事由，全写在信上了。"

坐在一旁的周立仁的父亲，问儿子，这就是要找的那位亲兄弟。周立仁摆摆手对父亲说，他们非亲兄弟，三阳乃老仓结拜的盟弟。这让周立仁的父亲更加感叹不已。他们的对话全是绍兴方言，老仓和三阳一点都听不懂。

老仓指站在一旁的周立仁说:"没有小周的带领,别说十天,即便一百天也难寻觅得着呀,多亏小周的指引呀!"

周立仁说:"老掌柜情深意厚,对我如再生父母,"回头拉住三阳的手说,"叔,你真命好,虽非手足,胜似手足,真是挚友啊!"

说到这儿,老仓不禁眼窝湿润说:"信捎不回,人无下落,三五月能耐,一年就难熬呀!弟媳病了,吃不下,歇不好,暂且忍下。非要带大儿子南下找你,我和你大嫂几度劝慰,常言劝了皮,劝不了瓤呀。我就决定下江南,非找到你的下落不可,给弟媳一个交代。现在找到你了,一切问题都迎刃而解。"

三阳乜斜下身旁的周立仁父子,备觉他们身份蹊跷。他想,大哥从未曾提及江南朋友之事,那么跟随大哥的阔商和公子哥儿,他们和大哥是什么攀扯,真懵懂又迷惘,可又不好贸然相问,以防莽撞失礼。

老仓已察觉三阳的惶惑神态,拉周立仁、周立仁的父亲周老板,十分亲热而诚恳地说:"来来来,我和你介绍一下,"他以欣喜和自豪的态度说,"他叫周立仁,二十岁,你看多英俊的小伙儿,德才兼备呀。他父亲周老板,绍兴大茶商,茶叶生意都做到国外去了,在杭州、上海都有分号呢。你看,我不仅找到兄弟你,还给你找到一位合作伙伴。"

接着就把怎么救助周立仁,又如何收为伙计的事叙述一遍。

老仓的娓娓而谈,经周立仁翻译给父亲,周父被老仓的仁义之举,感动得热泪盈眶,动情于容。

三阳听完前后经过,心生悲辛之情,长期在外,而鸿雁又不衔家书,害得夫人卧病在床,老哥不顾年老体弱,远涉数千里,这种牵肠挂肚深厚的恩泽,正如周立仁所说,不是亲兄,胜似亲兄啊。尽管不归有因,但也绝不能作为不归的借口。他一转念,心底像发出一个强烈信号：立即回家，刻不容缓。

老仓为排除伤情氛围，转悲为喜说："好了，好了，兄弟不要过于伤感，找到你已属万幸。"老仓再次亲昵拉住三阳和周立仁的手说，"真个好小周，天赐一个好助手，叫咱兄弟演了一出江南会。这么着，今天我做东，找个馆子，咱来个江南亲朋会。"

七

正说间，只见山茶田走来一男一女。男者五十多岁年纪，与三阳相仿。长方脸，鼻挺口阔，五尺多身材，直觉给人一种清瘦，又十分健壮的体魄，那身架似钢筋般硬朗，两鬓初显斑发，精神却是矍铄光彩，步履矫健，一种江南汉子刚毅和韧力完全在他身上折射出来。

女孩约十八九岁，一独辫甩在脑后，黑发如黛，椭圆的脸蛋，一双水汪汪的眼睛，亮眸动人。上身着一件梅花汗衫，下身青布单裤，穿戴简朴，依然楚楚动人。老仓留神姑娘的眼神，并未投向旁人，而却向三阳身旁小儿子刘远暗送秋波。

三阳热情介绍来人。老者名余润田，随者是女儿余馥香。这老余父女对三阳有荐福之德。

老仓闻知有恩老弟，急上前与老余握手问好，自做介绍，深表谢意。

原来，三阳考察茶叶生意，最后落脚点，就在余润田这里。这父女俩，在村西山坡处，植有十亩白茶田。

说到白茶，周老板插话说："白茶好得不得了。高老板回去要带白茶、龙井饮用，日日饮用，定会延年益寿。"白茶的新名词，引起老仓对茶种的兴趣。

周老板介绍后，周立仁说："白茶的品质，不仅在浙江，乃至在全国，都颇有名气，堪与龙井媲美。我父亲在春季，常派人在此收购，他本人也曾多次亲临茶园，择优质白茶，销往欧洲各地，倍受当地喜欢中国茶者的欢迎。"

那年，在三阳秋季来时，正是采茶炒茶的日子。北方生活的三阳，哪见过大热天支锅燎灶，炒制茶叶方式，一连三日守在老余的家里，并嘱咐儿子协助添柴烧火，而自己在旁闻着炒茶的豆香气味，如醉如痴，津津乐道，似乎只短暂的接触，就跟绿茶结下深厚的情缘。

挨余润田的茶地旁，亦有十亩茶田，七亩白茶，三亩龙井。这原是一位上海奉贤人置买下的。茶田养得很肥，地头盖茅屋三间，食宿格局设计，有条不紊，是种茶人良好存身之地。那人也是被别的生意所引，正该三阳所得之福，恰巧行至此地，那卖地人，离开茶园返乡，也不过三四日。

当余润田无意间提到此事，正中三阳下怀。他有意买下这块茶田，估量身存绰有余裕。况且小儿刘远仅十九岁，在江南置块茶地，即可亲种自产，又可以外运至家，乃一举两得的好事，为何不做。以心促事，事必成矣，于是就买下这块茶田。

最离奇的是，万不估量，买茶者变作买田者，茶商变作茶农。变则也罢，只是消息难传，父子二人如同泥牛入海，或是销声匿迹，让人费猜。只是那时已近深秋，三阳在老余的帮助下，剪枝、培土、积肥，除三顿饭外，从早到晚忙于茶田。多亏茶田底子肥沃，冬雪不积随化，次年逢春，雨水充沛，茶树郁郁葱葱，嫩芽急露尖尖角，油油翠翠，绿绿生生。这年春季，除去成本，净赚现洋五百元。秋季龙井虽不如春季白茶，单靠三亩龙井茶收获，也能敛回购地款，所余尚够父子俩一年的生活费。

三阳并不知道老余疏通的销售渠道，是眼下的周老板，从未与周老板直面言谈，并不熟悉。但对于老余来说，周老板是再熟悉不过的客商。春秋之季，周老板常来茶田验茶，特别对此地白茶精品，倍加留意，留心查验。老余见周老板到来，既欢畅又惊讶，寻思秋茶既已收清，又转来所为何故？不管何因吧，感激的话还是要说的。

老余十分恭敬地伸臂弯掌，对周老板说："周老板，你真是稀客，不知什么事儿劳你大驾。"余润田看一眼周老板身旁高满仓和周立仁说："有啥事儿尽管说，我和三阳准给你办好，不会让客人遭难的。"

周老板向余润田老人笑笑，摆摆手，搞得他如雾中看花，神情倍觉迷离恍惚。

周立仁用方言，给老余介绍了他和老仓，以及老仓和三阳的关系。老余听后，像从另一种境界中走出来，以无限深情的目光投向老仓，表示出由衷的敬佩。

周老板现在终于找到说话的机会，他示意叫周立仁翻译。周老板说："高老板救小儿一命，我没齿难忘，只是此恩不报我寝食难安。我想既要找到三阳，还要高价订购他的茶叶。"顿一下说，"现在好了，三阳和老余的茶地，明年春季开始，做我的购茶的保种点，免费保肥、包采、包加工。三阳所需绿茶，除本人茶地所产之外，如果还需要其他品种，免费保送一百斤，并由杭京运河，运至聊城码头取货。我深知我微些之举，不足以报答高老板的恩情，但时下动乱，权作简略安排。若在江南还有难处，我将鼎力相助。"

高满仓和三阳诚惶诚恐，拱手施礼，哪忍心领受如此馈赠，复请收回美意。

老仓激动地说:"万不可再提救助立仁的事,我哪是救他,分明是天公降给我一位人才。难得一位品学兼优的后生。就连我的账房先生也赞不绝口,要不是找我老弟当向导,我真舍不得放他回乡呀!"

周老板说:"此恩不报,我将一生不安,你弟不受,我和立仁长跪在此,以示天地,鉴我诚心。"

众人紧扶父子二人,个个脸红红,泪盈盈,口哑哑,喉迟迟,那气场像凝聚了一般。

老仓紧紧握住周老板的手说:"谢谢您的美意,也谢谢您帮我找到我兄弟。"转身又握住老余的手,并一手扶其肩说,"感谢您帮我兄弟建产立业,您是好人哪!我刚说了,今天我做东,找馆子聚一聚,亦祝贺周家父子团圆,祝周老板生意兴隆。"

周老板说:"哪有客请主之礼,我请,我请!"

大家喜气洋洋,一齐向镇里走去。

八

归心似箭的三阳,留儿子刘远经营茶田,他和老仓乘杭运商船回家。

周老板父子、余润田父女和三阳次子刘远送之杭州。一切费用,均由周老板亲自安排,路费餐饮,一应事宜,已靠船家料理。

临登船,周老板令立仁捧五封现洋计千元,送到老仓面前。老仓深解其意,哪里肯收,又让予立仁怀里。想那老仓是施恩不图报的，平生从不爱财、贪财，倘若数千元现洋硬塞于怀，岂不叫他夜不能眠，愧煞一生。一方千让万搡，一方是千推万拒，趁周老板猝不及防，高满仓在旋踵瞬间急入船舱。那船顺风顺水，扬帆起动，岸边和船上的人挥泪告别。

　　老仓回来，第一站就是粮栈。因为有账房老张的打理，生意依然是有条不紊。尽管如此，对商品犹如多日不见的孩子，瞧来瞧去，件件赏心悦目。库房里所出的粮，空位依旧洁净如常，新入的粮，码得秩序井然。看看外进内出的账目，就知老张做得一丝不苟。在成品粮处，他捏一撮小米于手心，颠倒两手，吹拂，未见糠絮飞舞；拇指和食指钳一点面粉，于手心捻揉，并无麸皮显露。扫视金灿灿的小米，白生生的面粉，和成堆累垛的副食产品，他绽露出心满意足的面容。而在如意时刻，他才想起在家里忙于加工的老伴和儿子。

　　就在老仓一转身的刹那间，忽觉头晕心悸，汗珠浸出，不由自主靠向柜台沿上。老张见状，忙搬一椅子让其坐下。稍停片刻，他心神方定，他想莫非真的老了么，怎么这么不禁受。想起临行江南，儿子嘱咐：千万别累着，已不是小年纪了。他再次扫视柜台，看一眼与他同岁的老张，他思谋已久的事儿又一次涌上心头。

　　他想起三个孩子：两个是他的儿子，另一个为老张的儿子。他的大儿子高亮，念完高等小学，就协助他母亲，同佣人一起加工米面活儿，到二十岁娶妻后，换下他母亲。整整十年的光阴，一天到晚和磨面、石碾打交道，碾磨出成千上万斤米面，且米精面细，赢得商家、民众好评，将其成品粮作为首选。凭他的阅历和经验，认准大儿子是块做生意的料。

　　二儿子周宝，酷爱读书，赵州中学毕业后，考到北京上大学去了，他一生以学问挣饭吃，这是不必担心的。

　　老张的儿子，他从来是当作自己儿子看的。老张的独生子张明，和老仓大儿子同岁,也是高等小学毕业,无奈同母亲一起,在自家十亩田里,做起春播秋收的农活。因酷爱数学,遇事常以算账衡量得失利弊,人称"账头清"。

张明曾对母亲说:"你就不能跟我爹说声,叫我跟着老仓伯去干吧。"

母亲说:"豆芽个年纪,能干什么,过两年再说吧。"

他母亲的话,含有他父亲意思的十分之九。

老仓早已谋划张明接他父亲的班,因为截至目前,周立仁归乡,张明是账房先生独一无二的人选。想到粮栈接班人,老仓要说的肺腑之言不由涌到嘴边:"如今不知怎么啦,坐下不想起,起来不想立,刚才的事儿,转眼就忘,去想它,变得像呆子一样。"他望下老张,老张好像听得很认真。

老张说:"人不服老绊跟头,马不服老失前蹄呀!"

"咱们老了,"老仓说,"该把俩孩子弄上来遛遛,不能老马常驾辕,小驹子歇着槽。"

老张:"高亮行,还练得不赖,特随你的执着脾气,只是张明办事还欠稳当,未必能靠得住。"

老仓说:"有勤谨稳当的爹,还怕带不出勤谨稳当的儿子。"他缓口气又说,"咱又不是放手不管,马驹子上了缰绳,你在后扬鞭就是了。"

不久,高亮就跟着父亲走县城串乡镇,逢集必到,不顾恋黑恋晚,总是购回一大车粮食,由驭使人吆喝着两马一套的重载,赶入粮栈大门。张自清带着儿子张明,逐一做着仓库的管理,事儿虽多,张明自有支撑力,出纳、记账、送货、收银和存钱等事,察觉不明细的地方,直到推敲出头绪才罢。张明落椅而坐,回头看督促自己的父亲,父亲已卧椅酣睡,鼾声回环房内。张明认真审视账面是否有瑕疵，至无误为止。

二老带二小，就把未来粮栈少掌柜和账房先生扶在马上，踏着岁月的风尘向前走去。

高亮做生意很有灵性，他把随集的拉粮车，改作粮栈的送粮车。他认为，凡集市所购的粮食可雇车送回，因市场也出现专门拉脚的车，连装带卸送，送至粮栈，不过半袋谷子钱。当征求老仓意见时，老仓点头赞成。他想，我购粮几十年，怎么就没拨响雇车这根弦呢？

高亮把省下的自家车，改作送粮用。以后酒作坊，醋作坊，农具作坊，商行和县立学校，改为他来拉，我去送。

他对爹说："这样做先后有两个意义，自家车不再受赶集的约束，可自由安排；送粮上门，可联络用户和用户的信息，久而实现售粮的长期性，使他们产生依赖性，也使我们购粮有了计划性和目的性。"

后来将老仓提篮挂棍的习惯也改了，改作长期在各县银号存钱，购完粮在银号取钱算账。这又是高亮的点子。年轻人的思维就是敏锐。这种灵巧之策他竟几十年不思不想，全用竹篮硬提出个大粮栈。

高亮说："爹，我永远也不会忘记您这辛勤提篮挂棍的经营精神。"

可老仓往往在半路歇脚时，常以言商为题，谈到人生处世之道。他告诉儿子，业精于勤，必以诚待人。友须存义，还须遇贫者施惠。使高亮铭刻于心的话，还有两句箴言："为国捐业不惜，为民抛家不悔。"

那年代，高满仓常将自己的心脏病，误为"心慌病"，他想不到，烟酒竟是这种病的根源，眼下不能不放弃。他走路心烦意乱，走几十里的路，不知歇几次脚，才能颠簸到家。他自知有"心慌病"

后，不能再陪儿子几程了。他看出，儿子似翼毛丰满的鸟儿，可以出飞了，高阔的天空就任他飞吧。

那最后一集回到家，他叫儿子处理两件事：安排账房老张退休，他儿子张明接班。并嘱咐高亮将粮栈所存的借据捎回家。

那晚，儿子从粮栈回家，说账房老张退休已办好，薪水待遇不变，每月仍供奉现洋十元，直到终老为止。老仓十分高兴，说办得好。儿子高亮说，那借据，账房老张早已备好，用一大纸袋，将叠折平整的一沓借据装在里边。老仓接过借据，沉甸甸的，他自语道："三百多户啊，多是粮不满缸，碗无美羹的穷人。"也是他常存恻隐之心，几年乃至十几年来从未向借款人、借粮户讨要一回。

老仓又掂掂那借据，放于桌上说："你弟也从北京放寒假回来了，明早你哥俩过来，我有话说。"

遵照父亲的嘱咐，哥俩破例起了个大早。他们来至堂屋，在父母座位下站定。高亮见那借据仍置于桌上，心中思忖，今早训话，或许与这沓借据有关。次子高宝如在梦中，不知何事黎明训话，也只是一想，心中不乱，猜忌不生，目无异样。老仓脚下一个火盆烧得正旺，高宝只觉一股温气向身边袭来，难控醒来后一声呵欠。

"是这么个事儿，"老仓看老伴一眼说，"昨晚与你娘商定，就这三百多张借据，有借粮据，也有钱借据，约折三千大洋，都是贫苦人所借。三年的有，十年的有，还有二十年的。我没去要，亦无差人去要，谅其偿还无力，并没为难一人。将来讨要，必使贫者妻离子散，家破人亡。我一生好善，焉能忍受他人苦难，死亦不能瞑目。不如焚烧借据，至死也就没有什么牵绊了。嗣后，家人休提此事。"

老仓拆纸袋，取出两沓借据，一份交长子高亮，一份交次子高宝，令其就火盆付之一炬，顷刻，焚屑如片片黑蝴蝶，盘旋于火盆左右。火光中，二子望一下镇定自若的父亲，觉得父亲突然变得如此高大，犹如一棵参天大树，高高耸起，遮天蔽日。父亲是那么高大雄伟，而兄弟俩像是刚刚从根部酿出的小树秧，还要靠吸取父亲的营养才能长大成材。

家人送来早餐。一碟腌菜，不满碗的稀粥，一个拳头大小窝头，放在腌菜碟的边沿上。一个一生赚回成千上万资产的老粮商，从来生活就这么简单。

用完早餐，他静默约十分钟，就听见院外有人喊："好冷的天啊！"

他起身，握了四十多年的拐棍依然在手，站在堂屋外。高瞻碧落，寒气凛冽，老天弄冷。天气虽寒，在老仓眼里，尚有微妙的寒冷观。

气凝冻冷，天却蓝而阔。阡陌虽坚，却坚而韧。鸟儿抖擞，何惧远翔。倾听晴空，仍有鸟儿互鸣的变奏曲。他自言道："冷怕什么，冷的时节也是四季的一部分。"他喊了声老伴，想起刚才喊冷是谁，是否加添点衣服御寒。

想起盟弟刘三阳，也不知他的生意怎样，小儿子在浙江种茶，茶田经营是否好。还有周立仁和他父亲周老板买卖茶叶不知是否得意。他在堂屋内踱来踱去，忽觉眼胀脚沉，步履蹒跚，不由气喘吁吁。

他的老伴就像他的影子，不管他察觉与否总不离他左右，他瞬间的症状早被看在眼里，赶紧扶他坐在椅子上。他的脑子似乎乱得很，刚才和现在想什么，想到什么骨节，连他自己都不知道想到什么地方去了。

老伴与他沏上一壶西湖龙井，片刻给斟入一精致小瓷碗里。老仓低头品闻茶叶滋味，一缕豆香气息，缭绕四周，沁人肺腑，不觉心中舒展起来。

老仓刚呷一口龙井，就听街门被敲得咚咚响。佣人去开门，来的人正是盟弟刘三阳，带着小儿子和刚过门的儿媳妇余馥香，前来拜访。两位年轻人是昨天才从浙江回来，要在老家过春节。他小儿子的婚事，皆有周老板在浙江安吉一手操办。

老仓格外兴奋，让三阳侧坐于自己身旁。二新人施礼下跪，拜过大爷大娘，起身端茶壶于三位长者斟茶。

三阳介绍了小儿子刘远经营之况，说他在余润田的帮助下，茶田土肥茶壮。又说到周老板情深义重，由他牵线搭桥，使二位恋人终成眷属，现在两家人，已变成一家人啦。

刘远取出两大包安吉白茶说："这是我岳父特意送给大爷您的。"

老仓想起周立仁、周老板的情谊，看着馥香花儿一样的面容，衣冠楚楚的刘远，听着三阳娓娓而谈，频频点头，喜形于色。

三阳忽感室内焚烧气息，不像外侵，犹似内生，作以闻香识气之状，并不受半点拘谨。因不做外派谦恭，问大哥大嫂，大哥老仓并不吱声，大嫂却给予合理的代替，作了应答。

大嫂说："刚烧些单据。"她望一眼站立一旁的两个儿子说，"我和他爹商量好的，那些借粮、借银户的借据一个不留了，全部烧毁了吧，留个清净心，全都心安理得了。"

情知老仓毫无惋惜之容，竟将借据一概烧毁，不由感慨万端。他望下老仓，那眼睛就像说话似的。他想，能有几个人这样慷慨仁义，恐怕只有我老仓哥吧。

三阳问："都毁了？"

老仓只点点头。

老仓确系三阳小儿子，已定居江南，并处新婚宴尔，他喜出望外。观三阳精神矍铄,生意如日中天,不免心生欣慰。可只刚一会儿,不知怎的,顿觉心迟眼钝,拙嘴笨舌;想说,口动无声,只能瞠目相视,且目光呆滞;想站起,自身却像绳捆于椅一般。他终是按捺不住激动的情绪,谁也未料到,他竟忽地从椅座上站起,手指两位年轻的新人,几乎拼出全身的力气说:"好……"

老仓虽然还有话难吐,但一个"好"字,已包括对其后人的祝福。他一世的人生观,足以证明,他总是希望别人都过得好。

刹那间,只见老仓嘴巴抽搐,话不成句,眼虽睁,不能醒目。脚曲体软,悠悠坐下,身向后仰,颈贴椅框,歪头不语。

三阳事觉不好,急起身近前,脸对其嘴巴之处,但凭贴近贴紧,已无半点气息吸入呼出。

老伴轻拉住老仓的手,目变惊悚之色,呼唤老仓之声,由缓至快,由低至高:"他爹你醒醒,你醒醒呀!"不觉呜咽之中,悲声大放。

大儿刚想起身入城,听见呼声急转堂屋,兄弟俩泪如雨下,不管怎么轻呼重唤,岂料老仓因兴奋至心肌梗死,已驾鹤西去了。

家里佣人闻悉,悾惶而入。三阳两眼涟涟对孙氏说:"大嫂,现在不是动容啼哭之时,要抓紧大哥净身换衣,设置门板,要赶紧准备大哥的后事呀。"

高亮、高宝将父扶起,插手于父的背后,手与手做勾连状,孙氏捧头,三阳父子抱脚,将老仓遗体抬入室内,沐浴擦身,里外换衣。几个佣人按当地风俗,卸下堂屋门扇,用双凳支牢,将门扇置于上,抱新谷草垫平,称之草铺儿。又取棉褥素单,铺于谷草之上,老妻和嫡子,加之三阳嫡亲三人,缓抬逝者。个个蹑手蹑脚,轻足慢步,不敢丝毫马虎,慎移老仓于草铺。取来素巾遮面,素单掩身,并挪一焚案于草铺前。

九

阴阳先生速点香火燃纸高喊："先生漫游，回顾亲人呀！"

一家人抢天扑地悲声大恸。只见惊飞檐上鸟，四邻闻噩耗，街谈巷议：老仓殁了。

且不说高家悲凄气氛相围，却说不幸消息不胫而走，一传十，十传百，十里八乡妇幼皆知。尤其闻之老仓焚纸灭据的百姓，啼饥号寒诸户，感恩之情，泪如雨下。凡左近者，当晚携带烧纸祭品，前来吊唁亡灵。停灵的三日，吊唁者络绎不绝。三阳急令小儿回家报丧，举家人关门锁店，以伺丧事。三阳自然担当治丧的总管，应酬里外诸事。

入殓盖棺，意味着与逝者阴阳两隔，将永远在娑婆世界中消失。三阳动辄涔涔，静亦涔涔，泪眼不干。

三阳依照阴阳先生所嘱，他委托高家亲邻，进城购来素布素纸等物。守着老仓的灵柩，看那先生细细剪着白花幔条，慢慢糊着灵牌、魂幡和那根根哭丧棒。堂屋外，竹帘垂吊，帘中间那大而亮的奠字醒人眼目，左右对联相衬，那对联上写：白马素车愁如梦，苍天碧海哭招魂。

左右邻舍不请自来，缝制男女各不同的孝衣、孝帽、孝箍，孝子高亮高宝，披麻戴孝装束，跪于棺前哭迎祭奠亲朋贵邻。这是谁家都不愿看到的景象，可谁家又能逃得脱的。可叹生死不由己，一旦无常万事休。

葬埋之日，近午时分，只听冲天爆竹轰响，执事者立门首高呼："起灵来！"孝男高亮扛幡，高宝执哭丧棒，头顶落盆，破门先出。只见兄弟二人，一身重孝从头至脚，零涕满面，号啕之声，惊飞鸟，乱鸡豕，冻树摇枝。后有直系男女两队紧随，男咽如山洪奔腾，女泣似哀笙穿耳。候在门首数十人一拥而进，个个争抬灵棺。前有三人背靠棺头，手勾棺底；后有三人抓抬棺尾。棺木中间三条粗绳穿拦，抢先者挽绳端，缓慢者勒绳中，余下者牵着绳头走，以做后备之力量。仍有闲者，自荐喊号者，以警醒脚下障碍："小心门槛！""下台阶喽！""靠近灵床啦！"响器声，语喧声，灌街溢巷，观者如蚁，前跑后瞻，随其出殡左右。只见灵床的龙头摇头摆尾，前后十二人，并备十二人为接抬者，扶灵床者多至数十人，簇簇人群，遮天蔽日，浩浩荡荡，缓向高家祖坟行进。

陡然间天昏如晦，不觉那鹅毛飞雪，漫天飞舞。数九的雪，落在凋零的树上，爬在枯萎的草上，不动不溶。似无数孝人，雕塑矗立在路旁、田间。那飞舞的雪片，还如执事者抛向天空的纸钱，无际的田野更显山涛峰浪。

下葬以后，孝子及至亲，竖一行队，缓缓向家而行，那戚戚面容不褪，犹如渗脸一般，仍怀亲情于怀。送葬的亲朋好友，三五成群紧随其后，嘴中不免又念逝者生前之事。他乡上百借贷的送葬者，穿插于田埂或曲径之中。飞雪落遍一身，形如孝衣还披其身，影影绰绰在白色世界里移动。三阳最后离开墓地，一步一回头，恋恋不舍。他回头低头总觉大哥尚在眼前，并似跟随前后。是的，病魔扼杀了他的肉体，但精神依然活着，他对一生勤谨，为人仗义疏财，交友笃实可靠，治家以德为本。这就是大哥的精神呀。精神不死且有折射之力，常在折射中察觉他的影响力。而精神比其肉体犹存犹长，传之后人亦不知影响几代人。

　　三阳感慨万千，喃喃自语道："能活在人们心里的人，是永垂不朽的。大哥呀，你就是这样的人。"

暗

恋

  夏月莲对程鹏远的话感触很深，不可思议的是像他如此孤苦伶仃的处境，居然还有如饥似渴的求知欲，真难能可贵。本来夏月莲对程鹏远就倾慕于心，今观其好学上进，不甘沉沦的表露，炽火的爱心跳动不已，脸似火烧，绯红与面。

  "听说有人给你介绍对象了，"夏月莲为掩饰暮然心动而显面赤的容颜，竟冒出与主题毫不相干的话，说，"我问你，真假呀？"

  "给我介绍对象，你听谁说的？"程鹏远说，"我倒是盼着，谁给我提呀？像我这号人，如果有人给我介绍对象，那大概全村就没有光棍了，不可能的事儿，只怕你是捕风捉影吧，也别戏弄我了好不好，你呀，没话儿找话儿说。"

  月莲说："就凭你的俊模样也不愁个对象。"

  鹏远说："还对象哩，我连自己都顾不下，谁跟我喝西北风呀……"

一

程鹏远面对一桌饭菜，不免惊讶，不仅多还精，意念不由滋出鲜有一词，少见多怪的感慨吧！他想，不就是完成训练，告别新兵连呗，也抑或是改善生活嘛，熬锅大锅菜足矣，你费那么大劲干什么，弄得竟是十个菜。他执着思谋，怎么下筷子呢？眼瞅有红烧肉、鱼、扣肉、芹菜肉、腰果虾仁、红烧狮子头等菜，剩下的三个菜虽素且鲜，只不过叫不上名堂罢了。那排场，就是告诉你，想吃啥，就夹啥呗。

程鹏远心想，部队，部队，就是跟地方不一样呀。程鹏远吃得舒畅，心情愉快，就像以前在自己家里，首长如同长辈，战友亲似兄弟。从不忘记对自己的照拂和呵护，这是多么幸运幸福呀！也许是人的经历不同，对赖于生活的新环境，感触就不同。反正程鹏远总在浮想联翩。尽管他思想很活跃，毕竟站到生活的又一个转折点。

他想起什么呢？他是个吃过苦的人，最不愿想起，却又不能不想起的，就是他所经历的三年自然灾害。

到了一九六一年，他又失去唯一的亲人——敬爱的父亲。继母再次改嫁，十六岁的程鹏远，孤身一人回到故乡，衣食住行丧失了，尤其对众难以启齿的心事，就是失去巨膀的依靠。

老百姓说，那三年，煎熬呀，犹似好日子被刮飘的风儿雾散。

最要紧的是年味儿没有了，年初一中午大锅菜的香气，已喷不出院，散不到街口。摆不上馒头、花卷、黄米年糕，端不上来一碗一兜兜油的肉丸饺子，年怎么也得过呀。怎么过？熬不出肉菜，熬干白菜吧，吃不上白面饺子，也有办法，红薯面，掺点榆皮粉，捏榆皮面饺子，倘若到谁家去，都不敢让吃饭，羞于出口。平时呢？就是挂在嘴边的话："低指标，瓜菜代。"

年初一早晨，已失去年轻人串街、成群结队拜年的景象，街里死静死静的。各街的秋千哪儿去了？没人给竖了，谁还有力气去荡秋千，张三哥家的木驴转儿哪去了，架子还有气无力地靠在墙边，没心思插架它。家里无人，街里无人，人哪儿去了？就在外，一群老幼，穿手于棉袖中，背靠北墙希冀太阳早早升起。太阳像团火球，从东方的地平线拱出来，明媚极了，却照耀着一群死气沉沉的老小。

程鹏远任意狂想，刚才那桌美餐，他也能在家里摆一场，请请父老乡亲，小小显摆一下富裕，也不至于常出狼狈相，被暗恋于自己的夏月莲姑娘瞧不起。别说人家瞧不起，本来就寒酸么。那自然灾害的三年，认识夏月莲，可以说是他的一个错误。

自然灾害，又是孤独一人，天不助他，地不扶他，人难帮他，也可以说赤裸裸一个人，缘分再多，也丢不到他面前。没有缘分，一厢情愿，抓不住呀！只能说，那可能吗？不可笑吗？别人自顾不暇，自己应自惭形秽。

尽管夏月莲曾似只小白鸽，在他面前盘旋过，也只是盘旋而已，抓不住呀！所欣赏的是她白净而鲜亮，灵秀而敏捷，面庞和身姿，就如空中飞远的小白鸽。屡次的相视，她确似传说中的貂蝉，画中的西施，但她不知落于谁家，并非他程鹏远所能获。他入伍时虽鸿雁衔书传情，如今反入镜成画，又犹似竹篮打水，筐还在，不汲水。唉，想她干什么，随她去吧。

二

程鹏远的父亲殁于一九六一年。

当时他的父亲已是病入膏肓,身架骨瘦如柴,颧骨凸起。面部消瘦,形似三角之状。深陷的眼窝,眼睛无晶无润。亲者目睹见怜,旁人见了只是惊惧。鹏远观父亲似巨石压手之状,轻移慢抬,紧握鹏远之手,瞻眼一旁的继母,欲言又止。狡黠的继母,自感旁站多余,说:"你父子俩说话吧。"说罢掀帘而出。其实她哪儿肯远离,是潜伺门外窃听。

他父亲见继母已去,说:"鹏远呀,看来爹的病不可治了。"他极力抻腰舒腿,意改其蜷着的卧姿说,"孩儿啊,看来爹要离你而去,你小小年纪,要受丧父之苦。想起死,我真死不瞑目,爹真不愿早死,爹才四十八岁,说来还不老,自知辞世尚早。哪怕再给我十年阳寿,能见儿子成家立业,也就心甘了,那时即死,就没什么遗憾了。心中的幻想,吃不住无常的拉扯,谁料这可恶的无常,硬拉爹往酆都城去,爹实在无法拒绝和反抗。"

程鹏远听着父亲伤感之言,心如刀绞,但仍以镇定的话安慰病榻上沉疴的亲人。

程鹏远说:"爹,你只管养病,慢慢会好的。"

父亲说:"那敢情好,只是幻想不是。我知道自己的病是癌症晚期,已不抱幻想了,抱幻想如自欺。你以后,对渺茫的事儿,也别抱幻想,若那样,势必生伤悲缊痛之苦。"

说话间，父亲从枕下摩挲出一沓钱，全是十元一张，约三百元，颤抖着递于鹏远。急以眼神示意，让其疾手匿藏，鹏远会意，速揣于兜。

也真寸，继母掀帘而进，父亲对继母说："让鹏远回老家一趟，安排我的后事，"摆手说，"快去，快去，快去吧！"

父亲瞒哄过继母，又遣鹏远暂离，心中不免自我宽慰踏实，不觉悠悠闭目睡去。

再说程鹏远，挥去眼泪，匆匆上路，几十里迢迢路，沉沉心里事，胸中犹如翻江倒海，无一会儿平静。他想得很多，想得很难，也想得很苦。他想起可能永别的父亲，被迫离开的化工学校，他埋怨那庞大的焦化厂，怎么这样轻率办校。现在，焦化厂即将下马，道是皮之不存，毛将焉附。可笑的是，临了像哄小孩似的说："放一次长假，什么时候开学，在家等通知吧。"等个鸟通知，那婉言的措辞，只不过是骗人的谎言而已。

父亲终于撒手人寰，逝波难回，空留下程鹏远终天之恨。

乡曲之径，一辆马车，拉着鹏远父亲的灵柩，缓缓行驶。在那还未实行火葬的年代，须要拉到故乡安葬。

车前左边坐着赶车的把式，右边坐着继母，棺椁上铺个褥子坐着程鹏远。

车轮的颠簸声，悲切的抽噎声，声泪簌簌。风儿舔着鹏远的脸，被褥洇着他的泪，就连低头的麦穗也摇动出戚戚的悲悯之音。没有什么理由和力量，能够控制住他的伤悼情怀，程鹏远才十六岁呀，第一次感到孤独和绝望。

程鹏远已预料到，他处在人生又一路口的转折点，而立足点的前方，鲜有人给他真挚的温暖与呵护，失却了不能再闻的笑声、嗔声、哀声和那鼓励再鼓励，目送手挥的温情脉脉，再不会有人拍肩摸头，轻摩上衣的尘垢，拽拽缩皱的裤角，只怕无人呈露为儿无私付出的慷慨神态。只有棺椁中静静长眠的父亲，那永远唤不醒的亲人。

他想着，哭着，哀咽不停，风儿依旧轻轻拂去他的泪脸，田野里的老鸹，呱的一声呱的一声叫着，那低沉的闷气音和他的哭音，形成凄楚的和鸣。泪如挂帘的眼，已觉大地的绿色，是那么的模糊，百鸟争鸣的歌声，他已是充耳不闻。他只觉在风中，在梦中，在父亲生前的事事处处中。

他看到坐在大车前的继母，想到从未识面的亲母，在他仅一岁时就罹难了。眼下的继母，她虽不声不响，但她有她的心事，因为她很年轻，等父亲后事一毕，大有改嫁别处的可能，想必不会和他厮守。父亲的话说得很对，惶惑的事儿不可抱幻想。结果呢，以后发生的事儿和他的猜测没错。

回到家，早已守候的众乡亲将棺木抬至灵堂。请来阴阳先生写挽联，做起入乡随俗的各种礼仪之事。

鹏远的堂哥老鹏，比鹏远的父亲还大五岁，年龄虽大，但不失辈分，却是不喊叔不张嘴的，当揭开棺盖慢拉掩脸巾，红脸大汉竟是泣不成声泪流满面。鹏远的四位叔伯姐姐扑向棺木恸哭不止。

来吊丧的个个唏嘘不止。当晚就来了吹鼓手，那喇叭的哀乐之声如歌如泣，似哀鸿穿空，缭绕村内村外。

村支书赶来，他与众不同，后差人用小拉车装一大袋小麦。

村支书说："大家也很悲痛，缅怀我村第一位村长，他又是党培养出的国家干部，虽荒年也不能荒了老干部的丧事，党支部一定协助你们办好丧事，让撺掇人吃饱，把老干部送好。"

丧礼毕，他对众亲属说："现小麦未收，青黄不接，好在稍有库存，暂作救急之用吧。"

亲人簇拥支书，拱手道谢。

一九六一年一袋小麦堪比一袋黄金呀！

吊丧路上，乡亲们众说纷纭。

"才四十八岁，真可惜呀，怪不得说好人不常在。"

"可怜鹏远孤苦伶仃。谁管呀？"

"那不是有后娘么。"

"你看那后娘只不过四十五岁，能守住鹏远过？"

"国家管呗，还有村里，那不能不管。"

"车到山前必有路，老天爷饿不死瞎眼的雀。"

鹏远父亲逝世和他今后的着落，一时成为村民议论的焦点。

三

程鹏远办完父亲的丧事，继母将他安排在本村的奶娘家，后被亲舅舅接去住过一段，但他一直没去找过继母，因为他知道，继母不久又嫁给别人了，终于和鹏远分道扬镳。

程鹏远最终选择独立生活。村里给他安排了两间旧房，他凭手中稍积的薄资，置办了再简单不过的傢三活四，支起聊以起火的锅灶，自做自食，以一个普通社员的身份，溶于生产队的群体之中。

程鹏远挑家熬日，单一生活，成为村里一大新闻。因为像他一样刚十六岁的年轻后生，不管家境贫富程度如何，具依赖父母照管，衣食无忧。而鹏远饭不做哪能张口，衣不寻怎会着身，是天怜人悯的孤独人。犹如雨击之鹤，临泽茕茕孑立，形影相吊，笼罩在人们心中的影子是孤苦。

像老农看庄稼长势似的,大家很快就看出程鹏远成色不一般。

刘大伯说:"像他爹,勤谨、刚强、有韧力,有一副挑担子的好肩膀子,硬朗。"

李大叔接话说:"好肩膀虽是好肩膀,只是以后的路很漫长,也够鹏远趟的不是。"

闻听谈论鹏远的话题,走路的老头老太太不由就聚拢一堆,总要做一番评论式的感叹。

张大娘凑来说:"像他爹也像他娘。你看他明眉大眼的,俊生生地脸蛋,红润润的面色,见人不笑不说话。还有做事耐心细腻,加上勤谨,一个才十六岁的毛孩子,自己过日子,自己做饭,还顾及干活,要叫俺三小非饿瘪不行。"

王大婶说:"你瞅眼下又逢这荒年暴月,菜没菜,缸缺粮,吃了上顿没下顿。你说咱的饭都没法做,叫一个孩子放下锄头,还上锅头,怎么去抓挠那口饭?"

程鹏远首先历练的是做饭,既然逼迫到生活日程,他就毫不犹豫地揣摩做饭,非下功夫学会不可。他首先学会蒸薯干面饼子,接着学怎么熬粥,如何熬菜,等等。苦岁月家家都一样。秋冬季节,上馏红薯,下煮白菜,醋盐一合,薯菜掺杂一拌,吃得蛮香哩。夏季备足饼子,尖辣椒拌小葱,嘘溜嘘溜两个饼子,肚子充满食,一心干活挣分,别无所求。那年月,饭哪有滋味,要说滋味,那也只能是酸辣味,无香味。

在那按人口分粮的年代,人们一直从春种熬到麦收,总算能分一些麦子了吧,唉!说起分粮,人们脸上仍带着懊丧的神色。谁知那三年,地贫田脊,庄稼愣不长,麦穗如煤油灯的小灯头,一亩地打一百斤,算是小麦丰收。除了交公粮,若要分,摊到人头,不管大人小孩，每人只不过分三十斤。等到红薯下来，吃粗粮的时候，所分的小麦，就是掺粗粮裹菜吃，也就消费殆尽了。即便最省俭的人家，那缸底能剩十斤小麦已称得队上的奇迹。要问为什么？千忍万忍不肯动，也就是只为除夕、年初一，那碗饺子呗。

鹏远分的那把粮食，不像众口之家聚积起能磨一簸箩面，他的粮食在一犄角旮旯儿摆列着：谷子、玉米、黄豆、高粱，都是些小布袋盛着，一兜喽一兜喽的。只有薯干多，放在一个两米见方的大木箱里，被他踩得碎碎的，很实，有一百多斤，算他半年的主粮。

鹏远最怕碾米磨面，他那一兜喽一兜喽的一把粮食，铺不满碾盘，填不严磨底，也只能看谁家碾米磨面，就把那一溜不过十斤谷子掺进去，不好意思地说："婶子叫我搭个伙吧？"逢碾米便推碾，遇磨面就拉磨。那时生产队虽有几口牲畜，是不允许借给个人使用的，人推碾推磨加工成粮，似乎习以为常了。鹏远在村三年，究竟在碾棚磨坊，干了多少这样的帮工，也难以计数了。

一九六一年，念了一冬的细粮经，终得灵验。那日传来喜讯：县里拨下小麦，救济年关，人们心中振奋不已，像流来一股甘泉，虽说每人只分五斤小麦，众乡亲终盼到蒸馒头包饺子做珍馐饫食的日子。

鹏远分得小麦五斤，真是又喜又忧，喜的是有了吃饺子的希望，忧的是怎么将五斤小麦加工成面粉，你别说，还真是个事儿呢。他曾几次掂起那兜小麦转过几回圈，想再增加五斤吧，实在搜不出一粒小麦，这不比众口之家，多数人家，能从缸底刮出十多斤小麦，恰恰他程鹏远不具备此种资本不是。

这让人无可奈何的事儿，真叫这位无所依靠的小青年郁悒苦闷，踌躇不定。他实在不想仿照以前的办法，汗颜与人搭伙磨面，因为那些都是粗粮，若当下拿五斤小麦，死硬与人搭伙，不免有沾光的嫌疑，可又有什么好办法呢？最后还是无奈提起那兜小麦走出屋门。心里想着：就是与人搭伙绝不要沾人家的光，能捏两碗饺子足矣。又忽突发奇想，若俩人的数量多好，就算十斤吧，尚可铺沿磨底，灌满磨眼。他就可以推起咕噜转的石磨，一个呱嗒着箩面。一个近十七岁的小伙儿，难时，他竟想起寻媳妇。可又转念，队上那帮妮子，有高有矬，有大他的，也有小他的，均不中意。

程鹏远仍提着那兜小麦，冲门而站。随之又自嘲：你看不上眼，她眼看不上你呀，你的状况你不明白？谁不清楚？正想间，一位绰号叫"喜哈哈"的走进来。像看透他的心事，说："等磨面吧，走，我给你找个茬。"

恰巧郭婶家正在磨小麦面。郭婶热心肠，见鹏远手提那兜小麦，步履蹒跚，羞于为伍，便猜透他的心思，笑着说："来吧，上磨推吧，我知道你小子的心事儿，不就是一把面，愁绪什么呀，你过年的饺子面，大婶包了。"

鹏远说话不及，就要向簸箩倒那兜小麦，郭婶急忙拦住说："傻小子，你这把小麦可不行，这爆土狼烟，坷碜得很，万不可和簸箩里掺和，这是捡了碜，过了水，捞过的麦子，不是你那样的麦子就能磨面的，你往里掺和，面可就腌臜得不能吃了。"

增添鹏远这股力量，那石磨立刻转动急速，麸面粉从磨缝像小雪粒，唰唰落下磨盘。郭大叔说："鹏远，苦不，真难为你小孩了，没办法呀，谁叫年景赖不是，能端碗饺子过年就不错了。"

郭婶说："苦啥？苦的时候有人管，这要在旧社会，甭说吃饺子，讨饭还不知在啥乡里。再者说，鹏远才豆芽个年纪，路还长哩，况且国家总不能这样穷下去，好日子在后头里，老话说：小时贫不算贫，老时贫才贫煞人呢。"

郭婶的话，激励得鹏远心起波澜，浑身上下热血沸腾。

磨完面,郭婶从簸箩里挖了满满一大升子面,约四斤给鹏远端走。鹏远硬是将一兜小麦塞给大婶,端起那升面,心满意足向家里走去。

春节前,舅舅给了约三斤一方的猪肉。在除夕那天,鹏远剃下一块连肥带瘦的猪肉,剁巴剁巴拌成白菜猪肉馅,自己学着包了两碗不规则的饺子。因为没有作料,腥味总难免,但还是很香。他端起碗,不由得想起从前,不由潸然泪下。他想童年时,虽寄在干姥姥家,逢年过节有表弟妹相拢,姥姥舅舅妗妗的呵护,童年并不觉蕴苦含难,即至父亲带至城里念书,尽管继母列入也未曾受到难为。眼下竟落得孤苦伶仃,看不到一双炙热的眼睛,温暖的气息像影子被飘得渺茫不清了。

他就着泪咽下一只只饺子,听着噼啪的鞭炮声,迎来一九六二年的春节。

四

生活不尽是苦恼,也有欢乐。程鹏远周围常拥许多同龄人,有共同语言。一起说话的时候是快乐的,并肩劳动是开心的,纵使晚上也能有找到乐趣的地方。

程鹏远所在的是第四生产队,这个生产队,有户人家姓夏,名唤之旺,四十六七岁年纪,老两口膝下有两个女儿,大女儿夏月翠,二女儿夏月莲。夏月莲十七岁,与程鹏远同岁。夏月莲生的脸如满月,指如鲜笋。眉如抹黛,圆鼻稍翘。杏眼晶莹,秋波喜人。村中少女多少个，遍寻遍查，没有谁家女儿容颜，比她更美更俏。身着寻常布衣，穿在其身，亚赛绫罗一般。谁能猜到，辟野乡村藏美玉，土墙茅屋潜明珠。

程鹏远接触夏月莲，是当年春天，那是夏月莲辍学不久。原因嘛，简单极了，是因她家劳动力少，只有她父亲一人出工，母亲在家做饭，只在三夏秋忙时辅助，顶不住半个劳力的工分。工分少，就不能多分粮食，春季时，筹钱籴粮度荒。青黄不接时，让人感触的是：粮食是多么金贵。夏月莲是冲分粮少才辍学的。

那日，队里栽红薯秧子。是十亩地块，分成四浇块，浇块之间有一垄沟以便浇水。每浇块，从地头至地尾，用平板式工具，扒拢出隆出地面的小岗子，在这隆起的小岗子上，栽上红薯秧子。小岗子的长度不超过十米，然后截住，挖条横垄沟，将竖垄沟引来的水，改入横垄沟，就似网式，形成特殊的浇灌方式。

劳动时由三人结成一组，一人向前，在土岗子上，用扒板工具，倒退着刨坑子。那坑子像碗口大小，尺半距离，这是个稍有技术的活儿。后边妇女和青年人，一人放秧儿，一人捂坑，最后浇水。

爱情这东西，究竟是在何时何地萌芽，并能撞出火花，谁也说不准。总之，年轻人都有被撞击的机会。不知是天意，还是凑巧，鹏远和月莲结成一组，鹏远前头撒一气秧子后，就截住捂坑。一位都称作二嫂的中年妇女突兀地喊出一句："今儿黑呀演电影。"

大伙一愣说："什么电影，故事片，还是戏曲片，我们怎么没听说嘛。"

这位二嫂，向鹏远和月莲这边一努嘴，大伙儿会意，便哈哈笑起来。月莲扭头见全冲她笑，知是逗她俩乐子，绯红着脸说："今儿上午我不捂山药坑了，非捂你的嘴不可。"假意攥把土，举起右手，使出要掷二嫂的架势。二嫂忙摆手说:"好姑娘,逗着玩哩。"

捂秧子坑是和黄土搓揉的活,不一会儿月莲的手,就像从谷糠瓮里拔出来一样,被黄沙沙的土所黏连。鹏远要和她换工,她说:"干你的吧,没那么娇气。"鹏远顿觉这位姑娘不仅外在美,而且存秀气在内。油然想起那首歌:"美丽的姑娘千千万,只有你最可爱。"心想,此生若能与她结成伉俪足矣。他迷她说话,哪怕片言只语,他都侧耳恭听,他愿意按她的话做,肯定会言听计从。

第一大畦,只差一个坑子的秧子,就要捂完的时候,只听月莲哎哟一声,鹏远紧抬眼,见月莲咬牙捂手,原来被一颗旧蒺藜的刺尖,扎进中指的指头肚里。鹏远不顾一切掐住她的中指,稍一用力拔出,并按握流出的血,以舌舔止,并用嘴呵忽呵忽吹了几下说:"不要紧,没事儿了。"在握着月莲手的刹那间,那手的柔软、细腻和鲜亮的质感,如同一股电流直通他的心窝。突然间,只听一声:"小心脚下水!"那浇秧子水,无声无响便穿之脚下。鹏远低头,只见水流已湿月莲鞋底,惶恐之下,顾不得许多,抓住月莲的一只手,猛一用力,拉入前方的空地。只因用力过猛,月莲身不由己,便整身扑在鹏远的怀里,被他有力的双臂紧紧抱住,二人面颊相触,气息相吸,真出乎意料,旁边男女只看得目瞪口呆。也许别人觉得月莲会臊、会嗔,甚至会哭,岂料她却说:"就不能劲小些呀。"然后向众人投去莞尔一笑,旁边的鹏远却显得手脚无措地样子,他想,今天算怎么回事儿呀?

收工回家的路上,通常是男一溜,女一溜,有时并列,有时前后也只错一两步,双方言谈话语均可听见。总之是叽叽喳喳,没有静走的时候,而男的声音,总被女高音所埋没。

还是那二嫂说话响亮:"你说这鹏远吧,根里红,亲娘早丧,父亲虽殁了,可他也是堂堂正正的国家干部,可以说,鹏远从脚跟红到头顶,是实实在在的自然红。可眼下既无父,又无母,还无房,可人们现在看的是根里富,不待见这根里红。"她向后瞧一眼,见月莲与她有一定距离,便悄声说,"如果不是眼下鹏远这么煎熬,他俩,嗳,真是天生一对,地连的一双呀。如果眼前好赖有人管料他,我就敢去找老夏说媒。"

旁边的张婶说:"你好心用不到地方,是白搭。光凭根里红不行,就好比镜里的鲜花,你拿不出来,就鹏远当下的境况,你找老夏,只怕你找月莲她娘也枉然的。"

一位李大伯跟上插话:"都是老鼠眼,我还有一比,你俩是门缝看人——把人都看扁了。你当鹏远是你俩的岁数呀,他才十七岁,谁能保险他总是这么帐拮(穷),年轻人发展起来,无限量哩,可不敢说这门亲事就成不了,我说你俩,真短见!"

一溜十几个人,你说我笑,你打我闹,只有中年人,才觉得有些疲倦。抬眼,离村不远了。

五

又至冬季,冬季昼短夜长,程鹏远也有自己的"夜生活",这就是夏月莲家。

夏月莲的父母人缘好,姐姐在县城念高中,家中只剩下三人,晚上左邻右舍,总酷爱到她家坐夜聊天。在那六十年代初,无收音机、电视机,更谈不上手机电话类的通信设备,传递信息只靠道听途说的那张嘴。差不多每晚两间屋里都满员:有凳子的已坐满,炕沿上也坐一排，来得早的，能坐在方桌的椅子上，或横在桌前的长条凳上。夏月莲常是拿一本小说，坐在父亲圈椅后边，手不释卷看得津津有味。近日月莲借给鹏远一本小说，他也躲在角落，像蜜蜂落在花儿上，只顾采蜜，旁若无人。有人问："是借人家的书吧？还借人家灯。你不如给我们念一段，也尝尝那滋味。"

又有一位凑过来问："鹏远，书上讲的什么故事，念念。"

程鹏远意还在书里，就把看到的那段随口念出："在什么山，唱什么歌。"

全屋的人几乎都笑了："在什么山，唱什么歌，还真符合鹏远的状况呀！"

程鹏远一时摸不着头脑，这本是书上所说，有什么好笑，他见大家乐，也盲目地乐了。

从此，这本小说上的话，被人们七传八传，竟变成了程鹏远的"名言"，时不时被运用："还是鹏远说得好，在什么山，唱什么歌"。

一句程鹏远说出的山歌词，被当作插科打诨后，就转入新的话题。似乎有个规律，春季里常谈的话题，是谁家籴粮粜粮，那时缺粮户能占到全队百分之九十还多，叫饥荒的怨言此起彼伏。到了冬季，尤其步入腊月，就说起谁家的猪小，谁家的猪大，谁家的猪肥，谁家的猪瘦或什么的，并且唠得十分热烈。因为常年缺油，还缺钱。一个劳动日才值一角八分钱，除程鹏远这样的单干户能分三十多块钱外，绝大多数门户，不向队里贴钱就算不错了。

有的说："我看月莲家的猪能杀一百五十斤，在咱队是盖了帽了。"

那个说："我问你，今年你的猪不赖，留着全吃，还是卖点儿，要卖，给我留半截儿，行不？"

回答道："卖，不卖点儿可不行，大人孩子的衣裳还没指望哩，还弄半截儿，给你弄一劈吧？"

你如果站在窗外，那屋内简直是会后热烈的讨论。

大部分时间，鹏远和月莲常处晚上，并在这样的场合见面，鹏远的惬意之色，常流露于容。但也有懊丧之时，即月莲被几位姑娘牵邀，到她卧室说话。尽管坐夜唠嗑人仍话语盈屋，鹏远瞬间便觉内心空虚许多，听人说话的滋味淡了些。其实月莲在场的时候，也从不乜斜地与他暗送秋波，斜瞟过他一眼。他和满屋人一样没有显出特别的青睐，可他随时注意接受这样的眼神，对他哪怕投递的一闪亮，也会使他受宠若惊。他几乎时时都在盼，却总得不到那机会，所以有时也很迷茫。

在腊月里，程鹏远也还有别的去处。当年，像他这样年龄段的青年，连他都弄不懂，为什么在十七八岁就结婚了，有得竟然十九岁当了爸爸。那时，迎新娘的头天晚上，婆家要请一班"喇叭匠"（吹鼓手），五六人，组织一场"演唱会"，无非是百姓喜欢的传统戏片段，什么《小二姐做梦》《大登殿》《三娘教子》《玉堂春》。听那戏场，曲跑调哑，韵味难寻，只是能烘托场面也就罢了，谁来计较，无人挑剔。

程鹏远常挤在人群里看热闹。此时有些订婚的小青年，在人群里相互逗弄嬉戏。

刘二娃问王冬儿："过几天就轮着你了，听说是韩村韩老五的二闺女。嘿，都说长得跟天仙似的，比咱村月莲咋样？"

王冬儿说："那可比不上月莲，如果站在一起，我那位要是学人家那样，只不过东施效颦。谁能娶上咱村月莲，他就得换换高粱花脑袋，只怕咱村的小伙儿，全没这福气哟。"

刘二娃说："不行，不行，那月莲可看不上咱这号的脑袋，那俊俏，那气质，就甭说和人家比，你只要心里一想，就发怵不是。"

王冬儿说:"到年底,咱这般年纪的人,就剩不下几个了。"

刘二娃说:"还有程鹏远呢。"

王冬儿说:"只是鹏远无爹无娘,无钱无房,但自是有所依靠,有亲朋帮伴,像他那样的棒小伙,找个好对象,绝不在你我之后,就是配月莲,那也是郎才女貌,我想象中,他俩极为般配。"

刘二娃说:"都说他和月莲接触极密、阖街筒子人都在议论。怎么你没耳闻么?"

王冬儿说:"耳闻顶球用,耳闻的事儿多去了,都能耳闻成真?纯属瞎猜瞎想,树梢动,树根不动,白摇刮。"

刘二娃说:"你说的树根,指她父母。我想也是,鹏远只不过是癞蛤蟆想吃天鹅肉,黑老鸹想占凤凰窝,是不可能的事儿,到头来还不是狗咬尿脖空费工。我听说,给月莲说媒的踏破门,光领见面的就三四位,还都是市里县里的。那鹏远可没那命,要寻月莲,除非能端上市里县里人的饭碗。"

没留神,二人瞧见鹏远站在身后,只好怯怯离开。

程鹏远又何尝不发怵呢,除穷外,他憾自己孤苦伶仃。就刚才那二位,好歹有爹娘相护,还有姐妹相依,穷则穷,总不失举家欢乐。他目睹自己的家境,村里给配的两间陋房,床上只一套陈旧的铺盖,原身的衣裳,拆洗等春换新不知何期?仅能越冬度春的那把粮食,山药干、玉米粒、十多斤小麦一兜兜,几颗茶了巴叽的白菜堆在墙角,总像提不起精神架上的干葫芦。倒挂的干葫芦吧,还算个景儿,可他身边流动的清气,叫什么景儿?最可笑的是,自己忘乎所以,还暗恋着月莲姑娘,那可能么,还憧憬缱绻成双,那不是梦吗?一万个不可能,他在路上自问自答,反复数次,连个朦胧的答案也没得出来。

这种千丝万缕的情怀萦绕心头,而这种理不清的情感,使他留怀也难，遗也难。万事的折磨，不如这种折磨更厉害了。程鹏远边走边想，不觉来到他那寒冷且寂寞的小屋。

六

春节期间，程鹏远透析了单相思的病根，理智地摆脱儿女情长的束缚，另辟一条新径，疏远夏月莲。

一九六三年春天，修建黄壁庄水库，看那工地，如火如荼，热火朝天。程鹏远再次申请当民工。别看当民工，挣高工分，还能领到比工分值更高的补助款。就这样的差事，并非谁都胜任，尤其一首人家，男人是当家的主户人，外出难免生活拒紧，所以就找队长申请，找人顶替出工。那天刘福就找到队长说："我出点钱，让你给我找个顶替的人，行不？"

队长拍着脑门说："那什么，你去找鹏远商量一下，你知道，这孩子一人的日子不容易，你给他买双新胶鞋，旧单衣送一身，除队上给他补助外，你也给些补贴，但要宽绰些，别叫他出门在外花项受紧，你说呢？"

刘福按照队长的话，去找鹏远洽谈。结果，鹏远只收了他一双新胶鞋，两件旧单衣，刘福感动得热泪盈眶。

困难户找到鹏远代替出工，而鹏远不惧远行，不惜力气，俯首甘往。程鹏远在一九六三年替人三上黄壁庄水库。

第三次是六月份，民工团给他分配了一个美差——在工程局下属的炸药库做保卫工。炸药库建在一个土丘堆旁，丘堆上绿树蔽荫，有树景遮蔽,谁也难猜到此处秘密:它暗隐成吨炸药。这个单位外松内紧,有仓库主任,出库员,加鹏远一个保卫工。出库员与程鹏远年岁相仿,是从民工团新招来的临时工,工资四十元。鹏远心想:我的天!我一年也挣不了四十元钱啊。据说实习三个月就能转成固定工。相比之下,他程鹏远只是干一个月的民工而已。他暂属仓库管,但不属仓库调,那可怜的月补只有十元钱。你还得坚守岗位,履行职责,否则一旦失职,仓库会告知民工团,将你撤走。

鹏远的职责,是晚上值班。你会说一个毛小子,焉能担此重任?你别急,太阳刚落山,就有一位身背钢枪的年轻警察来上岗。后来鹏远明白,他只不过是助手罢了。而这位警察才是夜间的守护神。这位警察不过二十四五岁,很英俊,也很威武,叫人敬而远之,不过他们很快就熟悉了,有时跟警察聊几句,还真叫他长知识。在夜里他二人每隔十五分钟,就要走出警卫室,将炸药库巡逻一遍,就是回到警卫室那眼睛,那耳朵,也不能有半点放松,一晚上从不敢掉以轻心。

时间不长,鹏远就和这位年轻警察十分谈得拢。那日,警察指那临时工小伙说:"就说老憨吧,也是村里一位孤儿,身上浸染着'红色'可谓'红小鬼'。没你的红色浓,去年也来水库出民工,也在这做保卫工。当时主任喜欢他诚实,又可靠又肯干,正好有临时工指标,主任就把他留下了……听说昨天填了转正表,下月就可能成为固定工了……村里人听说他有了正式工作,立马就有人说媳妇……前两天来看他的那姑娘,就是他的未婚妻。"

程鹏远沉思着,也许是思谋已久,想改变自己的生活现状,也许只有改变现状,方能赢得月莲的欢心。也许什么都不是,只是对前途的一种追求。那天晚上他几乎不遐思索地对英俊的警察说:"借你吉言,找主任说一下我的情况,把我也留下,我没有什么牵挂。

何况我政治条件，身体素质，比老憨也不差呀，要不叫主任试用我仨月，行不？"

程鹏远真的很渴望这份工作，如果梦想成真，前景会是怎样的好。当然先算笔经济账：按每月四十元工资，刨除每年一百八十元饭费和零花，还能存三百元，三百元可盖三间新房，如果两年呢？就有余钱置几套新铺盖，然后……然后就可以理直气壮，去向月莲求婚。有了物质作基础，就有仗恃，也由此可以证明，他程鹏远不孬，是个有志气的青年！

程鹏远这两天就像梦游人，结果仓库主任找他谈话，不仅使他大梦方醒，而且梦想破灭。

主任说："我已经知道你想留下工作，只是错过了机会，上级不给指标，仓库无权留人，这人事上的事儿，是由上级安排的，眼下真没有一点希望，想你一定能理解我的意思。你是个好小伙，尽管错过一次机会，你还年轻呀，今后的机会还多哩。你记住，机遇总是给有准备的人留下的，你是准备找机会的人，还怕没机会吗？说不定什么时候，你的理想，会和机会碰出火花，到那个时候你会感觉：这才是我要找的理想工作。小伙子，我料你前途无量。"

程鹏远心地善良，从来不会排斥他人的忠告，更不会将主任的话充耳不闻，并视作应付和敷衍，确是当作箴言吸取，对主任剀切的教益却觉受益匪浅，他会珍惜的，虽然和主任素昧平生，那鼓励，却是他在的水库又一种收获。

程鹏远虽有一时的失落感，但他能克制自己的情绪，他知道，当下这份工作的轻重，对主任说："请主任不用担心我的情绪，我不会因为偶然的想法，和未实现的愿望，疏忽重要的工作，我会尽职尽责，把工作做得更好。"

主任瞅瞅眼前这位憨厚小伙儿，对他的答复很是满意。

七

麦收以后，程鹏远完成出民工的任务，回到故乡。

他坐在简陋小屋的床上，若有所思，环视小屋的四周，虽说命运没变，环境依旧，但与往常年比较，他收获颇丰。分得小麦不少，一百多斤呢，还挣得几十块钱补助，兜里立觉鼓腾腾的。支付除油盐酱醋外，到年底也不缺零花钱。

常言说，年轻人吃块冰凌化成水，好赖吃饱个肚子，不会藏匿朝气蓬勃的面貌。他仍然马不停蹄地投入队上的生产中去。

夏至前后，麦茬地播种的玉米，像长在温床上似的，只不过十多天就窜出五寸多高。两边的小叶子，随风忽闪忽闪地左右摆动，像蝴蝶的小翅膀，还有中间拱出近似蓓蕾，嫩而不娇，尖尖锋利，带有生生地冲天之气。如果放眼田野，玉米小苗，像一条条尚不整齐的绿线贯穿南北地垄，又像站不规矩的小学生队列，左右晃悠。不协调的是那葱茏的青草，对小小的玉米苗，有可能造成致命的威胁。

生产队锄草定苗迫在眉睫。

事情就是那么巧，程鹏远和夏月莲家，分包定苗锄草的地垄，又挨在一块。鹏远分五垄，月莲家分十垄，是生产队限时的小包工形式。由于是包工，不受早晚出工的限制。鹏远因事拖拉了一天，等到田地，认知插标后，发现月莲家的十垄地，又和他紧挨，他突然想到，这莫非是天意的安排，再看，人家已锄完六垄，活儿做得好，定苗规矩，茂草锄得一干二净，他猜测这种活儿，非她父亲莫属。鹏远计划上午锄完三垄，下午晚来，完成那所剩的两垄，他对一天就能挣十二分，已是甚感满足。

下午三点钟，程鹏远肩扛扒板（锄草工具），手提两个瓶子：一为酱油瓶，二为醋瓶，他计划到三里外的方镇，在供销社各买一瓶酱油和醋，然后插斜路，迂回到地里，趁渐次凉爽的天气，完成那两垄定苗锄草。

那块玉米地，大部分包工者，均已完成任务，只剩下夏月莲家和他所剩的"尾巴"工程。恰巧，月莲正低头扒她家所剩的四垄地。茫茫无人的玉米地，她没有半点犹豫和懈怠，就像跟棵棵玉米苗溶在一起了。这一切，被距她不远的鹏远，看得真真的。

鹏远像一股清风，飘忽至月莲的身后，他二人只隔三垄的距离，鹏远尽管轻声呼唤，还是把月莲惊了一下。

"怎么，你来做扫尾工程？"月莲稍停，回头望下只近似五六米来远的鹏远说，"你那点活，锄个来回不就完啦。"

程鹏远不停歇，急起直追，说："不禁干，一会儿就完。"

程鹏远马不停蹄，直向前撵，两人并肩后，话儿的由头自然是鹏远先启唇：

鹏远说："听说你借了本小说叫《红岩》，看完没？看完借我也看看，行不？"

"那有什么不行。"月莲说，顿了一下又说，"还有一本书叫《林海雪原》写的是东北土地改革剿匪的故事，很感人，很值得一读。"

鹏远说："我在水库新华书店也购得一本小说叫《暴风骤雨》也是写东北解放后土地改革的故事，不知你看过没？"

谁知那月莲一改话题，迫使鹏远紧依话题，不得随话答话。

月莲说："今年三上水库感触怎样，有什么新鲜事儿，不妨讲讲。"

鹏远说:"最后一次被派去炸药库,当了一个月的保卫工。且不说工作轻重,有件好事儿和我擦肩而过。"鹏远直言不讳地说,"什么呢?就我去的前一个月,临县一个小伙子,也在炸药库当保卫工,也是人家适逢其会,上级拨下个临时工指标,正好落在他的头上。他成为炸药库的出库员,得意得很呢!我来的时候,他已填了转成固定工的申请表,成为国家的正式工,已不成问题。你说我遗憾不?"

月莲说:"那有什么遗憾的,只要有理想有抱负,好机会在前边等着你哩。"

鹏远说:"你说的话,怎么和仓库主任说得一模一样。你不知道,我曾侥幸找主任把我也留下,岂知时过境迁,留给我的是主任对我一番安慰。我和主任本萍水相逢,人家能给我鼓励,我就很感激他了。他鼓励我好好学习,积累知识,今后的机会,都是与有准备,并且蕴含才华的人相会的。你知道,我虽然念了一段化工学校,可恨它半腰竟下马,给解散了,我顶多还停滞在初中水平。所以,我将带的高中数理化和语文,再复学复练了三次。聆听这位主任的教导后,我想侧重补学未学的自然学问。也许你听说过马克思的一句名言:'数学是科学的科学。'我越来越发现,生活中和生产中,真还离不开数理化的知识。啊呀,你看,我给你扯得偏到二股道上了。"

夏月莲对程鹏远的话感触很深,不可思议的是像他如此孤苦伶仃的处境,居然还有如饥似渴的求知欲,真难能可贵。本来夏月莲对程鹏远就倾慕于心,今观其好学上进,不甘沉沦的表露,炽火的爱心跳动不已,脸似火烧,绯红与面。

"听说有人给你介绍对象了,"夏月莲为掩饰暮然心动而显面赤的容颜,竟冒出与主题毫不相干的话,说,"我问你,真假呀?"

"给我介绍对象,你听谁说的?"程鹏远说,"我倒是盼着,谁给我提呀？像我这号人，如果有人给我介绍对象，那大概全村就没有光棍了，不可能的事儿，只怕你是捕风捉影吧，也别戏弄我了好不好，你呀，没话儿找话儿说。"

月莲说："就凭你的俊模样也不愁个对象。"

鹏远说："还对象哩，我连自己都顾不下，谁跟我喝西北风呀。你说我俊小伙，左脸划不出钱，右脸划不出粮，俊脸也不能当饭吃，叫我看，有人看的不是什么俊脸，你就是脸赛吕布，穷气酸楚也枉然，脸再俊，家不富态也是穷气象。哎，我倒听说，有人给你介绍对象，还见过面儿，真假呀？"

月莲说："有，不假，不止一个。"她停下扒草的工具说，"想听听？一个说的是家存三瓮小麦，一个说的是家有存款千元，有房还有爹娘，离咱村还不远，北边牛庄，东边王庄，两个媒人往俺家跑得怎么也不下五六趟吧。"

鹏远说："好家伙，抢亲呀！"他顿口气说，"怎么样？见过面，相过家没，上不上眼呀？"

月莲说："我父母连个回话都没给他们，见什么面，还相家哩，没影的事儿。"她有点嗔怒的颜色说，"还不至于为三瓮小麦，千把块钱，把我卖了吧，那我不是太贱了吗？我对俺爹娘说，您觉得我是累赘，非得要我嫁出去吗？反正谁再来咱家提亲，我就不客气。我爹娘说，'一家女百家问。他说他的，咱不答应，谁说也白搭，不值当着急呀！'我爹娘通情达理，婚姻的事儿，还是我做主。"

鹏远见姑娘生气，诙谐地说："你的婚姻你做主，我的婚姻我也能做主，只是没人给我提婚姻的事儿，做谁的主儿！"

月莲以黾勉的口吻说："你也是，你才多大岁数，张嘴婚姻，抿嘴恋爱。你是不是倍感孤独，像咱村的一些男孩，早早结婚成家呀？你说他们吧，前头结婚，后头生子，别说没机会做点事，就是机会现前，要想迈脚走出去，只怕就有人扯后腿。我劝你别长豆芽子心。"

月莲说完，默不作声，低头挥锄于草。鹏远突然惊愕，眼前的姑娘旖旎且刚，竟是如此襟怀坦白，袒露出高尚的情操，她敞开的心愿，不仅将她，也将鹏远启发牵引，并赋予美好的理想之中。鹏远静想，眼前他和她，指定是月老又一次巧妙的安排，这比二人游移僻静之处，更富于它的浪漫性。

程鹏远的头脑有些发热，这不是天气的辐射所致，而是从内心悠悠的浸发，这种热，最易使人产生冲动。他想借助一种能和月莲近距离接触的力量。他想到能麻醉神经的酒，如果地头那两瓶的充填之物，不是酱油和醋，而是两瓶烈酒，该是最适宜。他会跑回地头，咕咚咕咚喝醉，然后仗着酒胆，拥抱似是心中藏他的月莲，不顾一切和她耳鬓厮磨，毫无保留地对她倾诉心声。

程鹏远不由自主扭头，回望地头那两只瓶子，两只瓶子纹丝不动，如同入土的小木桩。唉！那毕竟不是两瓶酒，也亏它不是酒，它不会使他冲动，而且他也不能冲动。如果单凭一厢情愿的冲动，必弄巧成拙，那后果可是不堪设想。一种胆怯的心绪，使他不能不回到平静的心态。

程鹏远难掩赧颜之色，言不由衷地说："那你心里就没有个意中人么？"

月莲说："意中人？"稍一迟疑说，"我心中的意中人你能看得见摸得着吗？好了，快锄你的草吧，你看，太阳快搭西山了。"

程鹏远很庆幸，没有流溢粗鲁的行为，要不然会出现怎样的局面，真难估计。他责备自己，莽小伙儿不了解姑娘的心，她对他是否衷情，还真是未知数。他感觉有一股劲儿，正向四肢鼓纵，下锄那么猛，扒得那么快，瞬间将月莲甩在后头。

月莲在后边急急喊道："你慢些，慌什么呀。"

八

庄稼人，常年数着指头过日子。才数过大雪，又近冬至，谁知白驹过隙迅猛，又移腊月。期至腊月，月莲家坐夜的人就多起来。当下的话题，除说某某的猪外，又添了一个内容：征兵。

根据公社分配，鹏远村有四名入伍指标，要求春节前，完成政审，结束体检工作，入伍通知书发到个人手里。据说带兵人已在县武装部里候光。分三种带兵方向：炮兵、空降兵、坦克兵。程鹏远被列入炮兵行列。

那夜，程鹏远照例坐在夏月莲家的卧式小柜上，月莲坐在炕沿，与她娘勾肩搭背，听着纷纷杂杂的各种话题。

刘大哥说："咋呼，"他冲一个中年人说，"今年队上的几户猪，最属你家的猪喂得好，全吃呀，还是卖半块？"

那人姓赵，人送绰号"咋呼"，说："全吃不成，怎么也得卖半块。"

刘大哥说："那我留下，省你赶集跑腿了。"

咋呼说："你别设这个想了，有茬了，留给大队了，这个茬你还是咯不动。"

刘大哥说："怪哉，贿赂大队干部呀，瞅我咯不动不是。"

"咋呼"说："你小子，怎么把人净往歪里想，我又不想找他们的相应（便宜），凭什么往人家身上泼脏水呀，不值当嘛。"

刘大哥说："那我猜不透了，说说，怎么回事儿？"

"咋呼"说:"你就是死脑筋,不转弯嘛。"他看一眼旁边的鹏远说,"咱村不是要走四个兵么,大年初二大队要搞个欢送宴,把当兵的四家,请到大队聚一聚,就等于慰问军属子弟兵,这个筵席上的肉食,就订得我这块猪肉。你说,我这块猪肉去处,比卖给你不喜庆么?"

刘大哥说:"那是,那是,知道是这样,你那块猪肉说什么也不能买的。"

"咋呼"得意地说:"我这块猪肉,你就是给多少钱,我也不能卖不是。"

全屋人被逗得哈哈大笑起来。

也并非蓄意做作,只在不留神的片刻,鹏远和月莲凝眸相撞,投去会心一笑,这是二人在众人场合,第一次暗送秋波。

一位比鹏远大出二十岁的本家老哥程六说:"我看俺鹏远最有把握被验上,鹏远的兵当不上,我非找带兵的磨叨磨叨。"

逗乐的"喜哈哈"冲程六说:"你找带兵的去磨叨,你两腮一鼓,像蛤蟆嘴鼓起的气泡,不等你张嘴,就打发你了。倒是那天城里过集,又是咱村验兵日,我在旁边凑热闹,你猜怎么着,鹏远被带兵军官牵着手说,'小伙子,不错,各项指标都合格。'又拍着鹏远的肩膀说,'行,身上有股子兵气儿。'看那亲热的程度,恨不得先将鹏远带走。我可不是编的,这不有鹏远作证吗。"

程鹏远羞怯地低下头,真不好意思听这褒扬的话。

程六说:"我说'喜哈哈',你身上有什么气呀?"

"喜哈哈"说:"我身上啊,你还闻不出来,送新兵的气呗。"

就在这时,只见一个小伙匆匆进屋,冲鹏远说:"赶紧,民兵连长在大队等你哩!"

程鹏远一惊,全屋人一愣,目送鹏远走出夏月莲家的屋门。"喜哈哈"喜形于色地说:"我敢肯定,鹏远的入伍通知书下来了。"

程六说:"你肯定,肯定什么,俺鹏远根红、人正、身体健康,又有文化,那参军是十拿九稳的事儿,等你肯定,黄花菜都凉了。"

夏月莲的父亲在此场合话语少,今儿也冒出一句:"我说'喜哈哈',鹏远当兵你怎么比他还激动呢,说说,你们之间有什么猫腻,怨不得六子讥诮你。"

"四爷,什么事也没有。""喜哈哈"虽略显愠色,语气仍十分平静说,"我看这小伙儿不凡,这么一当兵,就如鸿鹄飞出小院儿,前途无量哩,四爷,你说我能不激动啊。"

程鹏远走后的小屋仍处叽叽喳喳话语之中。

过完春节,定于正月初六在县城集中,新兵要换装,编队和简单的训练,直到换装,程鹏远才知道自己被指定为新兵班长,将要开赴北方的高寒地区。高寒何所惧,火海也敢游,能当上兵已是称心如意了。

就是在起程的当天晚上,有一桩事儿使程鹏远的心紧张得嘣嘣直跳,那就是想到月莲的缘故。想到这件事,他就像是肚里钻进一只小兔子,竟然不知怎样,才能将它安缚得住。他想,现在这个当口,该是向她表露心情的时候了。可以说,他站在月莲面前,已不是普通的百姓,那是堂堂正正的中国人民解放军战士,是多大的一种求爱资本呀,难道还有比这资本更大的么。程鹏远下定决心,决不能错过这次求婚的机会,真可谓机不可失,失不再来,万事多在试探之中么。行也罢,不行便休,不能不试。他对她的渴望之心,在离家之前,也应该有个水落石出的结果。当然,但愿她心似他心,能如愿以偿,是他深藏的乞求。

怎么去表达呢?程鹏远想到一个怪怪的主意:即鸿雁传书的方式。这只"鸿雁"就是他信得过的"喜哈哈"大哥。"喜哈哈"尽管谈吐滑稽,但有委婉攀谈的能力,常因为这表面现象,使旁闻者,在嬉笑中不假思索，被滑稽蒙蔽。而真实的他，却是有底线且有热心肠的人，还是乐意助人的诚实汉子。况且他早有撮合他二人的意愿，求他鸿雁传书，是最适当的人选。

"喜哈哈"去了，坐在屋里的程鹏远，却如梦如幻，坐立不安，一颗高高悬起的心，似半空中飘忽的风筝。他猜想，夏月莲此刻会怎样想，是否彼此都期待今夜的约会，两相情愿地订终身之约。也抑或是相反，也难料背弃。他对两种结果，反复地猜，痴情地想。虽是万籁俱寂，也压抑不住惴惴不安的心，也只有送来佳音，方能让猝发的心跳，慢慢平静下来。

门响处，只见"喜哈哈"匆匆而进，程鹏远急问："怎么样？""喜哈哈"毫无掩饰地说："不怎么样。人家约不出来甭说，连个纸条也没写，只一句话'啊呀呀，约会，谈话，这要叫村里人知道，岂不贻笑大方，不行，不行，我可不跟他见面。'说完，她一转身进屋，我一转身就出来了。"

程鹏远近乎大惊失色地说："毁了，毁了，弄半天我错估人家，人家心里压根就没咱呀，这真是剃头挑子——一头热么。我怎么这么愚，愚得我头昏脑涨，自找没趣，真自不量力。算了吧，算了吧，这个包袱总算放下了，不会再缠绕我的事儿了。"

"喜哈哈"不像程鹏远这么颓丧，说："我说老弟，这才哪到哪儿呀，至于这么悲伤，你想，你才十九岁，路还长着哩，今后的前途不可思量。还愁寻不着一个如意的姑娘，说不定寻一个比月莲更贤淑、更漂亮的姑娘。队上的人都说你有出息，也盼着你早日进取，把立功喜报寄回来，可不兴在这个事儿上磨不开了。"

事情往往有悲亦有喜，说话间，老队长山叔笑着跨进门来，胳肢窝掖着个兰地白花方形小布包，缝迭的十分妥帖。看见鹏远笑得合不拢嘴，说："明儿就走啦，真舍不得你走。"把兰花小包袱往床上一放说,"你以后就是国家的人了,能遇上这样的机会,那是国家给青年人选得光荣道路。不要怕苦,常想咱这几年的苦,还有什么苦不能吃呀,叫我看你是苦尽甘来,从苦环境中熬出来了,好好干吧,你的好光景还在后头哩。你看,高兴得我把正事忘了。这不,大家都想来看你,又怕控制不了眼泪,也怕你流泪,有好几家都想给你送东西,我说,送什么东西嘛,部队从头到脚,都给配齐了。他们费尽心计,拿出几双春秋易穿,又还是自家纺线织的线袜子,透气好,又跟脚,几家凑钱、凑布票,买了三件背心。精心缝的这个包儿,挺贴实周正,放到挎包不显山不露水的,也不累赘,就派我给你送来,算乡亲们的一点心意吧。"

程鹏远激动地说:"大叔,你一定代我谢谢大叔大婶的心意,我会永远记着他们,我也一定在部队好好干,为乡亲们争光。"

九

程鹏远记得非常清楚,他们那批兵共计六十人,包了一个车厢,贴着车厢外皮,有不少送行人,蹦高、踮脚、扒窗,急切地眼神直射车厢,想再看一眼即将离去的亲人,尤其新婚夫妇,已是泪流洗面,车窗内外,两手紧牵,依依不舍。不为情感所动的火车,只听长长一声嘶鸣,那车轮和铁轨,发出吱吱的摩擦声,缓缓驶出车站。

渐行渐远的列车,使多日疲惫的程鹏远,被摇篮式的列车,颠簸得他难克沉睡之意。殊不知,他当兵的转折,使他将长久告别令他倍受艰辛且是一生难忘的故乡。人呀,不要忘了年轻,年轻之时,是人的多变之时。

新兵训练，也不知道是啥滋味，当拉开训练的序幕，第一项便是整理内务。好新鲜的名词：内务。训练新兵的班长，从反复示演叠被子中，程鹏远领略了内务的含意。叠被子，那绝对是培养战士的素质。班长说，要把绿被子叠成"豆腐块"状，用两手夹直被角和被边，转折处需要抻出直直一条线，直观那块方被，上下左右无处不成方形。早晨起床，这是训练的第二项工作。然后出操，立正稍息，左右看齐，齐步走，跑步走，还有前后左右转。这样说吧，程鹏远像抓住军人行动的规律：出操、吃饭、参加公共活动都是站队，就是星期日上街也必须两人成列三人成行。最较劲莫过于走正步，不爱出汗的人也得叫你大汗淋漓；最草鸡是夜间酣睡中的冷不防，或是突然性的紧急集合，那可够好瞧的：有的打不规矩背包，挎不对挎包，跑起来后，不知谁咣当一声，将牙缸甩出，滚在油漆路上。有的顾得穿衣服，顾不得蹬鞋，就像穿着拖鞋跑路。有的鞋子跑掉了，来不及拾，干脆光丫子赶路。你看那背包，也弄不清，因慌因急，他怎么没按要求捆束，缠绕的背带，自然背包就散了，带子就滴溜甩怪抛在身后，将被子有的掖把成卷，有的转撅为条状，不管掖着、扛着，脚步却是不停，瞎跑一气，队伍乱成一塌糊涂，洋相百出，狼狈不堪。

星期日程鹏远趴在床头写日记，他写道：部队训练虽然很疲惫，但我变得精神了，有招架不住的课目，却积极适应了，爱涣散的毛病被约束了，一声令下，闻风而动。大家心中都有个问号和句号：部队、部队，这就是部队，身上百姓味在渐褪，军人味在加添。我还需百倍努力加强锻炼。

随着程鹏远写完在新兵连的最后一篇日记，新兵训练结束了。程鹏远将被分配到正式连队。早饭后，他打好背包，带足自己的物品，听值班排长一声集合令，随着口令：向右转，齐步走，一二一，一二一，奔向正式的营房。

听惯了命令式的声音，练就了军人走路的基本功夫，展示的是十足的军人步调，以往那放浪形骸的行为，已消失得无影无踪了。

程鹏远被带到铺着洁白床单的床前，班长帮他卸下背包说："程鹏远同志，这就是你的床位。欢迎你分在计算班。"程鹏远叠好被子，班长用他灵巧的手将边儿细细的捋成一条线。这意味着今后的被褥，至少要叠至班长示范的标准。程鹏远自然细心观察，感触颇深。

班长帮他指认牙具、挎包、鞋子、毛巾放置的位置，要求形体指向矩矱，保持干洁适度，都一一作了要求。也是触景生情的原因，他想起自己在故乡三年凌乱无序的生活，做梦都想不到，自己居然进入有条不紊，且是干干净净的生活环境，他好像喜欢这样做，部队这种作风和他有默契的吻合。

一切归置好后，班长问程鹏远说："连队有储藏室，若有暂时还不用，易变质的物品，可登记暂存，注意不可久放。"

程鹏远说："没有，没有，我是净身出户，没东西可带。"他倏忽间想起什么说，"噢，对啦，这个兰花小布包，是乡亲们送的三双线袜和三件白背心，紧张的训练，我真顾不得拆开看。"

班长说："那是得打开看看，乡亲们的心意嘛。"

班长掏出自己的折叠水果刀，刀夹子上配有一把小剪刀，将摆在面前的兰花小包，沿线依次剪开，那叠得贴实线袜和背心即呈现于眼前，乡土味依旧射放，浸入肺腑。只听班长哎呀一声，他对这精巧的物品赞叹不已。

摆开袜子，展开背心，程鹏远惊异发现，有一针线包映入眼帘。但见那件针线包，宽有九厘米，长有十三厘米，面为蓝色，里为淡黄，一面绣两朵并蒂莲，一面绣一对鸳鸯戏水，惟妙惟肖，栩栩如生。程鹏远一时脸呆呆，目滞滞，他猜不透，是谁赠他此物？夏月莲当然首当其冲进入他的脑海，但转念间，他想那是不可能的事呀！

班长见程鹏远呆若木鸡的样子说："真漂亮，漂亮极了，是未婚妻，还是女朋友做的呀？"

程鹏远诚惶诚恐地说："不是，不是，我真得弄不明白，究竟是怎么回事儿，我也莫名其妙呢。"

班长伸出食指，轻轻丑点了程鹏远两下，笑着说："你呀，别那么紧张。"他感觉触及了这位新兵战士的隐私，改口气说，"不要紧嘛，别害怕，部队允许战士在家有女朋友，这不是丢人，也没必要害羞的。"

班长又轻轻拍拍程鹏远的肩膀，因有人唤他，就匆匆离去了。

班长走后，程鹏远就像面对一本难以解读的书，但他不遗余力，关注此物之神秘，剖析它内在的含义。看那针线包，中间缀有子母扣，掰开扣子，里面装有一团绿线和一团白线，线底下压一包中号缝纫钢针。倒出针线，在针线包的内侧，还缀有一个稍小的子母扣，手触处，便觉咯吱有声像纸搓揉的响音，解扣取出看时，果然是叠得方正的明信笺。展开那信笺，约十七八行漂亮的行书钢笔字，字字映入眼帘，信中写道：

鹏远：

　　当你看到这封信的时候，只恐已到部队。恕我荒唐，亦谅解我临行爽约，诸多原因一言难尽……

　　三年困难时期，我们邂逅，在与自然灾害的奋斗中，我们结下友谊。彼此之间倾诉了爱情，你爱我，犹如我爱你一样炙热，曾有多次热望，相互谈吐，志向趣味，共识共勉。查看诸多青年,你当是我唯一的选择。爱情如根,非是随乱移动之理,我爱你,我之衷情,想你能予理解。

你我仅十八九岁,正是年轻的开端,刚刚涉入生活。我们年轻人当以一展胸怀,立于祖国最需要之地,报效国家,服务人民。不愿你苟安燕雀小巢,应似鸿鹄翱翔蓝天,穿云破雾,树立以天下为己任的宏图大志,放眼世界,真正锻炼成一名中国人民解放军战士。

我爱你,一直等你,等多久,我都等。我已将我俩之事告知父母,他们也喜欢你,欣慰同意咱俩的婚事。让我恺悌你一句:精忠报国,安心服役。

我未给你及时解释,你临走的当晚,"喜哈哈"传信至我,因咱村风气,"喜哈哈"且嘴杂,传播出去,只恐百家街谈巷议,真伪杂糅,众口纷纭,还是缄口销声为妙。

也就是那个晚上,县教育局已聘我做代课教员,暂在咱村小学代课,倘若可能的话,我愿意一辈子做人民教师,教书育人也正逐我心愿,我俩将一文一武在不同的岗位上共同努力吧。

顺致精神愉快!

月莲
一九六四年二月十八日

读完始料不及的信,鹏远倍觉周身上下,血液急剧涌动,像架柴燃烧之釜,那釜中的水已开始沸腾,激起腿在抖,手在颤,从脖梗一直红到脸,额头浸出汗珠,自语道:"这是真爱,真心的爱,可我更爱你呀!"

说完,捧纸掩面,不觉已是热泪盈眶。

班长站在面前,鹏远竟一概不知。班长掀开洇湿的信纸,信纸已形同地图般，他望下呆坐的新兵战士，不觉流露出莫名其妙的表情。

班长说："刚会儿还喜盈盈的，怎么转眼珠泪涟涟，有啥委屈，给我说说。"

程鹏远像大梦初醒说："真羞于出口。"他侧转身，附班长耳畔低语，"请你跟我出去一下，我有话跟你讲，在大庭广众前，实在说的不方便，行不？"

班长瞧鹏远的神秘色彩说："行行，怎么不行呢。"

程鹏远将手中的信，交给班长看，仍然似小辈对长辈神韵，脸儿羞得像关云长，怯怯看着班长容颜的变化。

"这不是一封信吗？"班长并不像鹏远那么紧张说，"啊，对啦，是一封情书，新交的初恋人，恋人给你的信，不至于那么紧张嘛。你知道，你们新兵中，入伍前，县武装部刚送去入伍通知书，紧接着就有到民政局领了结婚证。前头的列车拉着你们走，后边的车新媳妇就追上来，把部队招待所当作新洞房了，年岁还小嘛！有的像你一样，有了恋人，还好些，总是和《婚姻法》保持一定的距离，保持关系还是可以嘛，这不丢人，也不必那么紧张不是，你说是不？"

程鹏远说："班长，我的这个事儿呀，不是你说的那么简单，入伍前恋爱也只是暗恋而已，"他很感慨，并带有蹊跷的语气说，"这本是断定没希望的事儿，却感到万般无奈之际，不得不放下，她却又让我不得不拾起，我奇怪、惊讶，我不相信这是真的，像在梦中似的。"

班长本觉这是很明晰的事儿，怎么还含有曲曲点点迷惘之处，他实在深陷含混之中。

程鹏远对眼前的班长就像弟对兄一样，不能不把原委简述一遍。

程鹏远说，他十七岁父母俱丧，当兵前，独立生活三年。后来因生活所迫，辍学的夏月莲与他不期而会，又在劳动和生活中结下友谊和爱情。程鹏远在近乎家徒四壁境况下，追月莲心有余而力不足，害得是单相思。尽管某时某地，也有近似恋人式接触，但月莲对他的倾慕，并无半点声响。按捺不住是入伍的当晚，程鹏远痴情试探月莲，以信托人相访，探其芳心，谁知遭其闭门之羹，并无片言反馈。可又谁知，针线包暗藏玄机，却原来，夏月莲之心裹于包中，一倾积愫。而真情相随他越平原跨山河，跟定程鹏远远驰千里，留在部队营房。爱情呀爱情，你怎么竟是这么的微妙呀！

班长听完程鹏远的叙述，很激动，眼中亦不免湿润。他觉得，这位姑娘不一般，非是遗爱，而是真爱，不是不能，纵能结婚，也不结婚。为什么呢？为了人生理想，那是奋斗的理想，追求的梦想。执意要圆现代青年的梦，去梦想伟大祖国的未来，自己前景的未来。

班长以羡慕的口吻说："她是你欣慰的爱人呀，叫什么来着？对，夏月莲。夏天的莲花，出淤泥而不染，高尚呀！她有高尚的情操，是位有理想、有抱负的好青年，你要向她学习，要把爱情当动力，不当压力，服役期间，做一名优秀的战士，向她传递立功喜报才是，你说呢？"

程鹏远果决地点点头。他还要利用星期天，写一封热情洋溢的第一份情书，那当然是带有革命情感的情书。

班长眼神亲昵，扶着程鹏远肩膀，朝营房走去，身后，留下一对革命战友的脚印。

缘分

刘凤麟将丧心病狂的二人，拽到眼前，杀机不由萌动。生命攸关时刻，他的脑海神经骤然有一信号作响，师傅的临行嘱咐耳鸣：不到万不得已，不可伤人。想起师父的话，杀心渐收，杀气锐减。他已将歹徒擒获在手，谅他们丧失妄为之能。又回首姑娘，虽惊吓，并无大碍。如果尚下狠手，也只在一掌瞬间，便可结果二人性命，如若泄愤，不免防卫过当。也罢，不如敦促他们投案自首，法院定罪，重新做人为好。

他又一闪念，我虽善，他不善，虽已制恶，且不能麻痹，譬如说，缚虎，不可不紧，必须断死他们反扑的企图。对，也要给他们点苦头。

想到此，对不停浑身打战的二人说："你们犯罪的起因，我问姑娘便知，我救了姑娘，姑娘大难不死，也是救了你们。就此罢手，不可再去胡作非为，投案自首免受重罪，不听我教训，只怕死路一条。"

一

　　一九八五年夏，在县中学办公楼教导处专栏前，考生拥挤着，巴望高考的分数榜。那场面，似蜜蜂闻其花香，翩翩而至。但见：后来者，向前挤；排列者，左右拥；近前者，脖伸伸，眼瞪瞪，嘴张张；以眼相探其名。更有甚者，摩挲行行他人名讳，至止检索自名方止。已知各科相加的总分后，那眼神似碑帖印脑，不分人群簇拥，急从两厢匆匆而去。

　　再看离去者，或笑逐颜开，或愁眉苦脸，或对别人问话，也有无可奈何者："今年罢了，明年见吧！"

　　随人离去的，有一考生，名唤刘凤麟，不卑不亢，默不作声。待看分毕，便向后转去了。

　　今年高考题偏难，全班考生均分数低，能上本科的不过百分之五。包括刘凤麟，一部分考生只接近专科和中专线。刘凤麟不甘于高不取，低不就，非本科不上，他自恃具有本科的资格。

　　向晚，父母得知他高考的成绩不佳，老两口不出緼结瞋目，吐言并不显埋怨的面容，倒像老牛舐犊，慢舔他意外的创伤，以减他摩擦之苦。

　　他的父亲刘云鹤，五十岁年纪，地道的农民，铜板色的脸膛，已留有饱经风雨的沧桑，在农村，如此岁数，似老非老。他依然笔挺的腰板，流溢着充沛的精力，顾眄他徒步的背影，仍有生气勃勃的风韵。

父亲说:"农村娃能念到高中就不赖了,再说了,哪能都考上大学。我听说,高中毕业那也是小知识分子了,你不光在咱家,就是在队上也算有文化的人了。"

母亲说:"再者说,这考学毕竟是一时一运的事儿。人的运气,不一定非是考场得意,得意的地方多去了。想复读好,不复读也好,回家务农更好,现在村里正稀罕你这样的年轻人呢!"

母亲的话似乎停不下来:"麟儿自小就通情达理,哪能悲观,不懂事的孩儿才会怨天尤人。旁人说得好:缘分。咱和儿子就是前世有因,今世才有缘呗,这往后我和你爹渐年老朽,离开你还真的不行了。"

母亲一个麟儿亲昵的爱称,像穿越时空,回到婴孩时代,好像坐在小板凳上,聆听母亲解释他名字的来历。父母取凤毛麟角,择其中凤麟二字,而定雅名。

麟儿的乳称,只有父母这么呼唤,在学校、村里和生产队,对他的称谓是刘凤麟三字。

他也想起过两个姐姐的名字,人长得不丑,却叫丑妮、毛妮,尽管不能排除二老重男轻女,却也不能不意识到对自己的珍视珍爱之心。现在两个姐姐出嫁了,家里只剩下他这个"凤毛麟角"了,这也许是母亲所说,是他和二老相守的缘分。他这个凤毛麟角,怕不能只当真品收藏,也该展示亮亮价了。

刘凤麟听着母亲说话,不时睃下母亲的面容,他倍感依赖莫高于母亲。

他的母亲陈玉竹,脸颊初露鱼纹,留下岁月浸染。但刘凤麟仍将母亲追忆在十年前。那时的陈玉竹,显得多么端庄、俊美、秀丽,融风雅于一身。

他不能不瞟一眼父亲。传统观念极重的父亲，见证了旧社会的更替，灌盈了新社会的滋养。新思想常隐旧观念，旧观念常泼儿女身。刘凤麟小时候，常前抱后背，嬉笑逗弄。成人以后，就如奔腾小溪呼啸向前，父亲跟不上，不易近距离接触了。刘凤麟想，眼下属例外，父亲定有结论或意见发表。

果然，他的父亲从直叙自己的经历开始说话。

父亲说他，五十年代念他小学，爷爷谆谆告诫他，不想念书了，只能捅牛屁股，捩锄把子，砸土坷垃。奶奶说，村里的孩子念什么书？识俩字算了。更加剧了他休学的决心。就这样刘云鹤跟随父亲，从初级社、高级社，再到人民公社。经历"大呼隆"，大食堂，低指标，瓜菜代。不仅没细粮，还吃不饱肚子，得过浮肿病。你说，咱这么好的地方，旱涝保收，那年代，暖不了乡窝，热不了乡土。没法子就跑，跑新疆，跑包头，干吗？觅食。

说到九十年代的变化，刘云鹤说："不上学也就罢了。校能上完，书读不完。校有课堂，村也是课堂呀！"他一转话题说，"你听每天的新闻都像春风送暖。好像不喊虚口号，喊起富口号了。我想，你就带着你的学问在村里干吧，你们这一代有文化的人，都是富贵人。"

当刘凤麟从恍惚的回忆中清醒过来，觉得坐在二老面前，已不是早年的童婴，倒是一个不折不扣的十七岁小伙子。他诚恳地告诉父母：虽然和大学失之交臂，一时的丢缘失运，并不代表一生的命运。人生的阶段性，必是人生的变化性。不是有句古语"失之东隅，收之桑榆"吗？他一定把握住发展的机遇，脚踏实地好好干，要叫咱家粮多、钱多，也要过上城里人的生活。

二

　　生产队长十分喜欢刘凤麟，由衷地待见他的学生气、知识味，就像十月桂花，散发着香丝丝、甜蜜蜜的醇甘。他也欣赏刘凤麟的仪表，圆头阔脸，明眉大眼，尤其是只限于他这般年纪，才配留的学生头。虽然未脱青年人体魄，但那种清癯的骨架，那种生动活泼、精神旺盛的豪情，那是从老年人身上，无论如何都找不出来的。他常常望着刘凤麟的背影，赞叹不已，凝眸中像传出一种音色，窥其翕张之态，便知暗誉刘凤麟。

　　队长安排刘凤麟的农活，总是适把着劲来，从七月份至年底，他曾被安排队上的菜园、果园共干了六个月。这两处，管果园的老人叫马勤，管菜园的老人叫刘汗。他们从壮劳力中，抽出接这活儿，已有十多年了，现已经六十多岁了。

　　刘凤麟只不过是助手式的帮衬，菜园的后期便被调到果园收摘。农业社的活儿，有很大的随意性，不管怎样调配，他毫无怨言的服从，按在哪儿就踏踏实实干在哪儿。两处的管理老人，只要见着队长，像汇报工作，先说到刘凤麟。这小伙儿，没闲着的时候，放下这件，就拿起那件，向来眼里有活儿。身不惜力，还少言寡语，干活有干活的样儿。真叫地道，你就挑不出三骨六漏的地方。好料，真是块好料呀！队长回答的话是，一代就是比一代强嘛！

　　队长疼爱地对刘凤麟说："悠和着点，别累坏了。"刘凤麟憨憨一笑说："没什么，我权当练兵。"

第二年，这位队长仍然将刘凤麟安排在副业组。不过不是菜园，也不是果园，而是跟着一位河南请来的瓜把式，学种西瓜去了。

农村体制改革的风越吹越紧，连菜园和果园都包给个人经营了。队里有块白地，计有十亩，眼下无人承包，也总不能闲着不是，队里干部合计，干脆种西瓜吧，说不定种十亩西瓜是队里一份丰厚收入呢。多少年来，队里的人，只注重小麦、玉米、棉花，和少量杂粮，对种西瓜经验不足。提起种西瓜，嘴边的话：种西瓜请河南把式吧。队里很快差人请来一位河南种瓜的老汉。

河南把式姓田，与刘凤麟父亲同岁，有一尊健康的红脸膛，腰板笔直，走路刚劲有力，从背影看，就像二十多岁的小伙子，说话又像敲钟那么响亮。在田里干活，压根就没有列着间歇的时刻表，扎到田里，随日影直至中午。这也和凤麟干活的习惯正合拍，不过，犹如拉弓，他还得增加一分韧力。

队长派刘凤麟去瓜园，有俩意图：一是助手，二是学艺。又把三顿饭委托给他家，并给他母亲一定的待遇，他娘俩从此享受两份劳动报酬。

清明以后，田把式以地布局，将十亩地分成六个条块，一条块称一浇，共六浇地。每浇扒出二十个畦，浇块间一条垄沟，南北贯通，可左右灌溉。田把式和凤麟用托板，将垄沟上下左右，拍得瓷实无隙。

结束对垄沟的拍压之后，就开始拍畦埂的活计。那标准，真个是拍的方正，而人站其上，近似石脊，蹦跳不溃，踢趟不散。至于耧地的细腻，使地酥软平整，即便红枣大小的坷垃亦不可留存。

刘凤麟望一眼被麦田围裹的这块瓜田，像被风刮过的沙滩，平整且发亮，如果与小学生的方格本比，真不相上下，颇能媲美。

刘凤麟想，田把式迢遥而来，虽说为钱，也并非为钱，但凭他整地的一手，可以肯定，那绝对是田把式一倾积愫，惯家的劳动作风。他悟出了这种操作内在的美，也就将这营养吮吸以己身了。

一天下来，累得刘凤麟腰酸腿疼，引得田把式乜斜着他笑。他说腰酸，田把式说，八十岁才长腰芽哩，年轻人没腰；他说腿疼，田把式说，抻吧抻吧就舒坦了。他看不出田把式的疲劳，红彤彤的脸膛依旧光彩照人，像没有参与一天劳动的历练。他不明白，这老汉怎么有如此强硬的筋骨。

傍晚，他照常扠着竹篮，竹篮里有包好的干粮，一碗素炒粉条菠菜，还手提一瓷罐面汤，向瓜田走去。离瓜园不远处，只见田把式站在小屋前，井台的右边，像仙鹤在起舞。晃膀绕臂，出掌踢腿，蹲足转身，出手恰流星滑线，身轻如风吹杨柳。"太极拳！"刘凤麟不由脱口而出。他在电视机上见过的，也听说这功夫厉害得很。他倾慕这功夫已久，此时，他也觉得蹊跷，怎么只一眨眼，便因缘成熟，岂不是缘分么。此时可能与它缘分恰恰碰撞，他站在那，只顾观望，竟忘记向前挪步。

刘凤麟望着田把式用饭，眼晶晶中闪出一种渴望，突然劈头一句："田师傅，我想跟你学太极。"

田把式始料未及，不由愣怔一下。

"学太极？我哪会太极，那是比猫画虎仿他的皮毛松动一下筋骨，也就是锻炼锻炼，可以说是瞎糊弄。"

田把式说得很谦虚，以此证明他是模仿。刘凤麟不仅谦逊且富有灵感，便顺水推舟，随话搭话，以温和的口吻说："锻炼就锻炼，我就跟你一块锻炼。"

田把式再次瞄了刘凤麟一眼，他也从内心喜欢这位高中生小伙儿，喜欢他不但有文化而且憨厚诚实，吃苦耐劳，虚心好学。他既有选择的愿望就有学好的信心，他愿意收他做徒弟。

刘凤麟反感别人称他高中生，他自感没考上大学，自己虽是高中生，总比不上考上大学的高中生纯。

田把式可不这么看，他曾向刘凤麟解释说："高中生不能都考住大学，都考住大学，中国不就称霸世界了，可中国历来不称霸。"

刘凤麟从来没听过这么幽默的解释。

田把式接着说，"农村现在需要高中生，今后难说大学生不来农村落户，据农村的发展看，我看离不开科技知识，不信你等着瞧。"

三

为了跟田把式学太极，刘凤麟将被褥搬到瓜园。

他的做法也正合队长的心意，因为今后护园，就不必再配人手，他也就有了给刘凤麟适当补贴的理由。

刘凤麟父母误认为儿子潜心种西瓜，学点种植技艺，亦有报酬，很高兴。殊不知，刘凤麟讳如莫深的心机，不消说，父母难知，纵是无偿服务瓜园，也心甘情愿。

每晚万籁俱寂之际，正是田把式教授之时。伊始，从基本功做起。蹲、跨、挺、视，进行雏形的编排。初练，拙笨之姿，难免幼稚可笑，久之，就有模有样了。经过夯砸式的训练后，田把式亲授摇膀转臂，踢足出掌，抗膀，收腹，尽传当年师传秘诀。尤其是运气之术，呼和吸的妙法，经刘凤麟细心领会吸收，略觉身轻气壮，挥发跳跃，击掌蹬足，膀抗之力日益强壮。

刘凤麟仅得太极皮毛，误为真功。

那日田把式和他互练，观他功底尚浅，常在曲径回旋，难得深入聚力之途，只恐真谛不附。让其出功，他双掌击向对方，对方却纹丝不动。万不想，在他收掌瞬间，仿佛一条黑线，恍如滑线飞燕，直穿胸膛，随感双腿难攴，噌噌向后倒退数步，踉跄倒地。田把式急忙去扶，只见他弯腰如弓，挺立如桩，面色如旧。

他以爱抚的口气说："伤着没，痛吗？"

刘凤麟摇摇头，羞眼绯面，一脸惭愧之色。事实的教育胜过话语千遍，瞬间一跤，他悟出谦虚勤奋真正的含义。

田把式领他至水井旁的一棵槐树前，那棵树有一掐半粗细，树身呈鼠皮色，树身的脊条间，冲出凹凹形而上，虽不如白杨树光滑和柔腻，却给人以坚硬挺拔的感觉。此时正谷雨季节，沿枝蔽苔绽开，如雏鸟的羽毛日趋丰满。田把式以膀抗击树，那树条剧烈抖动。刘凤麟亦试抗一下，感触到他不是在抗树，而是树在抗他。尽管人与树撞，树无碍，人有伤。然而人有柔亦有刚，人终胜树。

田把式指树说："今后练习动臂、击掌、踢足之功，以此树为点，要练到土裂、枝摇、根动、叶落方可，手触树不觉硬，足弹树不痛痒，日久便显功力。"话一转说，"不过，明年在此要栽新树呦。"

刘凤麟点头，以执行命令的坚决性，早晚各一小时苦练，从春到夏，从夏至暑，从不间断，直到树蹭皮，人划痕，功夫渐进。田把式还告诉他，功夫不可一日休歇，免落学艺遗憾。

然而，光阴荏苒，瓜园直观地告诉你它变化如此神速。刘凤麟才记得翠叶覆地，黄花飘香，瓞瓜初酿。可眼前之景，已是瓜熟蒂落，忙于撷摘，亦正在装满预运马车，欲将滚熟的西瓜，运往城里的市场。"真不错！"刘凤麟常常伫立地头自言自语。瓜丰收了，队里收入颇丰，田把式也获得签约的报酬，他也以辛勤的付出受到奖励。

田把式临走的晚上,刘凤麟恋恋不舍,他对师傅说出自己两个心事:能否跟师傅走段时间,去深造太极拳的武艺,田把式微笑着摇摇头。告诉他,他不具备经济条件,跻身武林艺馆。还借用民间流传之语"穷读书,富练武"开导刘凤麟。

　　家尚贫,刘凤麟还不具备充足的资本,踏进武术殿堂。田把式肯定地告诉他,起码眼下不行。

　　第二件事,田把式倒是举双手赞成。

　　是什么呢?就是他爹叫他去学泥瓦匠的手艺。泥瓦匠?刘凤麟连听这名字都腻烦,无论如何不乐意接受。田把式说:"好啊,"那语气显示着无比的兴奋说,"别听着泥瓦匠的字眼不雅,很不简单哩,泥瓦的工程它是土木工程的重要链条,学问要比咱种瓜深得多。——再说从城市到农村,什么地方能离开泥瓦匠。你可不能错拿主意。"

　　"土木建筑?"凤麟竟想不到,一个种瓜老汉的口里,说出学系的字眼。这个学系,他也是在高中,偶尔听老师讲过,这是工科大学所分的学科之一,谁承想,他的师傅也深知其义。可他仍表示不服气的态度。

　　"我想大学培养的净是建筑工程师,那可不能叫泥瓦匠,哪有工程师和泥、动铲、砌墙呢。我爹叫我学的和土木建筑,是和大学那科风马牛不相即的事儿。"

　　田把式说:"我可不这么认为,我说大学培养的是高级'泥瓦匠',否则就不能叫工程师。他不会操作,就不会设计,不会设计又怎么会去验收。他可不是你说的白面书生。"

　　刘凤麟说:"我只是不喜欢干这行。"

　　"那你喜欢种瓜这一行?固然,种瓜也不失为一种技艺。——我听人说,聪明的人做事不挑剔,专一做事的人能酿出睿智。甘于苦本是孪兄弟，难于易尝试自知。你很聪明，做事专一，将来必有成就。我建议你不妨试试，若与它无缘，放弃不迟。"

"听师傅的，我就去试试。"

"这就对啦！"田把式从不以河南昵称对当地年轻人称谓，今晚算作破例，说，"孩儿呀，我跟你说，武艺是健体防身之艺，手艺才是养家糊口之技，身不得养，家不能糊，缺衣少粮如何生存。手艺能挣钱，种地能得粮，有钱有粮不愁发家致富，你说我说得对吗？"

田把式最后嘱咐刘凤麟，功要勤练，就照常言说'曲不离口，拳不离手'去做，万不可荒废一身武艺。但要谨记，练武之人必以常处忍让之态，不到万不得已，不可伤人性命。

天明之后，田把式返往故乡，从此师徒各分南北，但相遇的缘分永远留在刘凤麟的心里。

四

在父亲的安排下，刘凤麟即将去表叔所在的建筑公司当一名学徒工。

临行前父亲说："你也别说不情愿，能不能收你还在两可之间。就你表叔那眼，就跟透视机差不多，你是不是那块料还得听他的回话。"

刘凤麟虽嘴不言声，心里却嘀咕着：除非我不干，我要干，就得叫他把我当金子看。他习惯性搓搓脸，推起自行车就往外走。他父亲使的激将法，还真起了作用。

表叔是建筑公司的建筑队长，从二十世纪六十年代就参加建筑行业，虽只有小学文化，却达到建筑专业自学成才的程度，被公司领导视作标杆队长。他为人谦和，以带徒弟真诚著称。刘凤麟初次接触表叔，被他温馨的态度所感染，像又一次缘分袭身，第一印象就发自内心对表叔喜欢。心想，不像父亲说得那么严厉吧。噢，他恍然大悟，原来父亲的用意在激他呀，不由抿嘴一笑。

表叔很喜欢这位文静的表侄，除他年轻外，更欣赏他的高中学历。他认为，年轻人最低要念到高中毕业，因为高中文化是研究深层次学问的基础，它对任何门类，包括建筑学，还有别的学科，都具有深钻细研的能力。

刘凤麟虽暂存身于小工行列，他表叔还是另眼看待。他沾了学历高的光，这也是他表叔愿意培养他的理由。

表叔教他从配料做起，就说配沙灰和泥，很平常的事儿。从表叔所讲的配比看，还真不简单，灰和沙的几比几，他做起来也很淳然。一年后开始上架砌墙，方知灰和沙的配比，和砌墙的黏合度，抹墙的光滑度，关系极为重要。表叔手把手教他操作，又从理论诠释，工程结构的依据，刘凤麟心领神会，埋头苦干，不长时间，就把墙砌得顺看一条线，横摸勾缝平，活儿干得一丝不苟，无可挑剔。以后，表叔逐渐教他识图、计算等知识。还有室内的摸、刷、表、地面、竖梁和横梁浇筑、瓷砖铺设等技术。因为他使用高中数学、三角学、几何学的知识，几乎不必苦心孤诣便可做出正确答案。表叔高兴极了，开始带他检查工程质量，还让他当助手参与新工程研究工作。

就像人们有时忽略岁月和时光，忘记了和它对话且不介意似的，但是时光近似乌龟和兔子赛跑，一点儿也不敢停留它的脚步，静悄悄向前移动，那真是什么力量都无法阻挡。当你想起和它对话时，它会告诉你,跟我慢慢走吧,不要怕累。累不怕,刘凤麟却很惊讶,不是吗?他怎么没觉得在生涯中扑腾,岁月竟把他撵至二十八岁,像溜冰,哧溜一下,阻拦不住,十年急急,转瞬即息。旁人谁不喊刘师傅,学徒工转身领班人了。他真没觉出时光在他脸上,抹去多条幼稚晰线。他也像树上的果子,逐渐趋向成熟。

他现在工资也高了,是他想象的顶格高。刚来时,表叔领的是十七级干部工资,七十四元。他想,到老也能挣到七十四元,那就阔多了。结果呢,工资提升如一夜春风,提到三百多,真让他有点眯缝眼,从心底笑到了脸上,暗算,俸老养小那还成问题!

他结了婚,有了一男一女双胞胎,乖巧伶俐,承欢膝下。妻子宋俊香,虽然文化亦有初中,性情善良,四邻称誉。她把家受苦,贤良勤勉,和睦街坊。

他攒下的钱,翻盖了五间老北屋。刘凤麟的父母在新宅新院,欢忻无比。他母亲说他爹,你干了一辈子,连只砖片瓦也没买到家。不几年,咱儿子挣钱给盖了卧砖到顶的新房。问你服不服。刘凤麟的父亲哪能不服。他也说到侧房一袋袋堆积如山的粮食,除吃了的再去卖,又是一笔收入。这不能不提到他们勤恳的儿媳。闲来无事,老两口一人搂一个孙儿,欢声笑语,在院中飞扬。

建筑公司的体制改革,已听到了紧锣密鼓的捶打音,那音儿正朝着个人承包的方向扩散。那大门口挂了几十年的牌子,总被风刮得叮当作响,像老墙上的泥坯已经托不住了,只要稍微一捅就会掉下来。

一日,刘凤麟被表叔叫到自己的办公室。他坐在对面的凳子上,对找他的意思也能猜出几分,表情也十分平静。

表叔说:"凤麟呀,觉出变化了吧。人心在变呀,形势也在变,势引万众所趋,政策呢,策归人心所向。比如蝉欲脱壳,不脱不行,要不然怎么成蝉，怎么飞跃。这个变我赞成，前途变亮了，工人变富了，变得好啊！"

表叔话语暂停之际，刘凤麟心想，下文该联系他了。

表叔果然说他："我们一个锅里抡马勺，已到煤尽火熄，大锅饭要停了。我想问你，今晚是否与承包咱队者竞争。"表叔接着说，"不愿竞争者，固定工、合同制工人，公司每月发生活费，自谋职业。只是你……"

刘凤麟心想，竞争他有把握，至于表叔"只是你"的话中，无非两个意思：一是自己尚不是合同制工人，二是若把表叔所辖工程争下来，又怕旁人说工程队落在自家人手里的闲话。想到此，刘凤麟等不及表叔下文，话抢在前头。百感交集地说："没有表叔的栽培，哪有凤麟的今天，没有你教的本领，哪有我生活富裕，我也看不到自身的价值，摸不到奔走的方向，如今能颉颃于同行之中，都浸透着你的心血和智慧呀！"

表叔说："唯一遗憾的没把你弄成合同制的身份。几次都限于指标，我又不愿意走关系，以至错过几次机会，难免受你爹的埋怨。"

凤麟说："他们感激你还来不及，怎么会埋怨你呢。我不在乎什么固定工、合同制，人可以丢掉这些身份，但不可以没有知识和技能，有身份而无其能，其身份易于落莩，无身份却身怀一技，其身份自然会显，您老说是不是这个理儿。"

"你说得对，太对了！"表叔既赞成凤麟的话，又担心他今后的出路。

"我不想脱掉泥瓦匠的衣裳，还干我的老本行，"刘凤麟说，"我初步的想法，在我村建一支建筑队，靠建筑行业和乡亲们一起致富。"

"好啊，我赞成，"表叔高兴地说，"我就不担心你丢掉一身的本事了，今后有什么难处尽管找我，叔是你永久的靠山。"

就这样，刘凤麟离开他工作生活十年的建筑公司，也和表叔的缘分，画了个圆满的句号。

五

自走出建筑公司，告别朝夕相处的团队，恰比离群哀鸿，独落一隅，难定朝飞暮展，再聚同友翱翔。因此倒产生几日惆怅。他犹如站在十字路口，似张望，似等待，还不止一次在自家院落里踱来踱去，踌躇不已。

同行好友聚拢而来，话语像打开闸门的渠水，群言堂使他茅塞顿开。心想，是呀，闭着眼犹如矿井下灭了头灯，睁开眼犹如拨云见日。于是，他胸中已酝酿，并复修腹稿多次，要建一支农村建筑队的宏图，说给诸位听。

消息一传开，便有街谈巷议，一时沸沸扬扬，众口纷纭。最具代表性的有三个人物，一名绰号叫"窝里闹"的说："弄什么建筑队，就你一人前头扛旗，后跟一伙趔巴筋（外行），还能弄好？别胡闹了，不行，不行，根本不行。不信你看着，如果弄成了，我就把眼珠抠出来叫你当球玩。"

另一个绰号叫"赔不起"的说："干活挣钱，那水泥活是好挣钱的呀？你干得好，人家才会把兜里的钱掏给你。你干不好，甭说不给你钱，只怕还得倒贴。你觉得水泥活的钱好挣呀，不好挣！"

还有一个绰号叫"敲鼓槌"的说："我可不赞成你俩的话。常言说'雁无首不飞，羊无头不走'只要有领头的前行，随者就敢跟着走。至于走路，哪有那么平坦，只要敢走，爬坡摩岭又算啥。你们想想，你们这辈子走路，就那么平整，谁说谁这辈子净走坦途，没有坎坷，我不信！我看凤麟弄的一伙人，干个建筑没啥问题。"

刘凤麟听到各种议论并不沮丧，因为他心中常怀励志信念，尤其表叔常讲的趣味比喻，更是铭刻于心。有比喻天的，有比喻地的，还有比喻爬山与行船的。譬如：后有尾随者，你甘做攀峰冲锋人；还有鼓励怯懦者的话：不惧不畏，坚持会到山顶。还说：山虽高，确实一层一景，倘若登得山顶，那无限风光就在险峰。刘凤麟有此经历和经验，当然脸无愁云，心无忧虑。

旁观的父亲对他说："麟儿，你觉得饻住不，饻不住就酿个别的腔，本来偎人的事儿，我怕弄不好，得罪人不说，还落一街筒子闲话，好心做了孬事儿，到时候爹不愿看到你伤心。"

刘凤麟说："爹，我给你打个比方，比方说逆水行舟，不进则退。您想，退会是什么后果，只恐比行的后果更惨。现已确定建队，就好比箭在弦上不得不发。至于别人说什么任凭去说，光听蝼蛄叫就不种麦子啦。况且我是领大家去挣钱，我的心意大家是理解的。"

凤麟的父亲点点头。

不久，本村有十多名青年，找上门来。

一位叫刘明的说："商量了好一阵子，"他看一下刘凤麟的脸色说，"真没勇气找你，你看，就我们一身光板，恐怕连和泥搬砖都不知怎么做，就怕小工都不够格。拉了队上后腿，落身埋怨，就糟糕透了。你看我们中谁是块料，就捡，别丢搭了。不是那料，就骨碌一边去。"

刘凤麟说："喜欢就等于及格了，"自我介绍说，"就说我吧，也是从当小工开始的，和泥运料的活儿，干了好一阵子。当小工，是当把式的基础，谁能一入行，就成把式，把式是从小工中成长起来的。不是说天下无难事，深造也是能办得到的吗？"

另一叫张志的青年说："听说你这儿能入股？可我们没有钱，连桃铲和瓦刀也没有。"

刘凤麟说："入股自愿，能分红的，也没做强求不是。你说的那些工具，没有，不当紧，就是有，只怕暂时你也不会用。我问你，家里有铁锨吗？"

刘明说："有，有，好几把呢。"

刘凤麟说："那就行，捡一把好使的，明天扛上跟我走，靠它就是你挣钱的家当。"

张志说："你这么一说，我们心里就踏实多了，大家说，干不干？"

大家齐声说："怎么不干，跟凤麟哥干吧，在家闲转悠，没人给咱们一分钱。"

刘凤麟接受本村十名小伙儿，开始组建了施工队，不觉五年过去。跨世纪后，他已记不清，又有多少农民兄弟要求入队。从现有编制的三个队，可以证明，他的工程队已达到五十多人。

他租赁城外一破旧厂房，正式命名凤麟建筑公司。公司大院占地一亩有余，能摆下工程设备数十件。一排十间平房，分施工领班、财物、接待、厨房、更衣洗澡间，存车处均规置地有条不紊。他自己也有了办公室和会议室。

民营企业兴起壮大，是建筑企业的机遇。厂房要建，仓库要扩，商店要改，几乎都等着与刘凤麟工程签约。他们也重视农村新农舍的建筑，只要洽谈，大小活计不拒，宏微设计精良。久而久之，便觉是刘凤麟施工的风格。若看他的把式砌的墙，墙如板打平整，线条如水，从下至上坚如磐石，人称"刘建筑"造型。从此，"刘建筑"的雅号口碑相传，名声四扬。

说也恰巧，刘凤麟的公司小院，有两棵冲天枣树，两棵洋槐，花发时，蜂蝶吸香而缠，各路飞来，又各路飞去，如同来访者，行踪诡秘，大有探其经营奥妙之嫌，而刘凤麟却坦诚以待，无私可隐。结果，指望依其树香，获其蜜者甚少。

来访者也有悟者，有一人说，"学了样儿，学不了手，拿着样儿满街走。"他悟出，心变方可手变，手为心使。刘凤麟心在变，他变，你不变，或者说你不知道怎么变，怎么能跟上他的趟，他有他的法呢。况且，你能像刘凤麟所说，创收是工人挣得，工人理应拿到辛勤报酬。有时拮据，也不能克扣工人工资。许多企业家并非能解透此理，还主次颠倒，久之，谁不生怨。旁人说，再讲你工程少，盈利低，你怨谁？还有一人说得更直白，刘凤麟和工友结的是善缘。

刘凤麟毫不隐瞒地阐明自己的经营观点，恭敬地又送走几位同行。正想起身赴工地，不想表叔一脚踏进门来。

表叔坐下，笑呵呵地说："干得不错，多少人都上门求经了。怎么，把大叔忘了吧，大叔今儿也来取经。"

凤麟急忙递烟点火说："那可不敢，不是您叫教我那点儿手艺，我哪能走到今天。"话一转说，"我还正要说找您。"

表叔说："千万别提技术的事儿，我那点儿玩意儿不时兴了，你得去找省里建筑设计院咨询。"

凤麟说："不不，是人事。你看现在这摊子，快近百十号人，都成立公司了，资金财物、各种机械的储运诸事都是我管，搞得焦头烂额。我想问大叔，你能给根寻这样一个懂统计兼会计的人。"

表叔说："今儿我就此事找你，要不然早晚会乱套。"

凤麟又惊又喜说："叔，你能找这样人才？"

表叔说："没有，哪能揭锅就有饭，还靠你抓紧物色。"

当晚回到家，刘凤麟闷闷不乐，坐在院里小机子上，仍然还浮想着，去哪儿找个管理人才。忽然，两个人走进家来。他瞧见这两人，把腿一拍，心中暗喜道："这正是我要找的人。"

六

这是娘俩，母亲五十多岁，地道村妇打扮，一副面善慈母形象。后随是她儿子，年有二十岁，叫刘喜儿。他中等个头，宽颡面阔，稚嫩的面孔透着灵气。至凤麟前，喊声哥，立于一旁，再无一声响动。若生人看，你无论如何也察不出，他带有跛脚之疾。刘凤麟又怎么不知其中破绽，那是幼年被拖拉机轧伤，留下的后遗症。前两年高中毕业，一因家贫，二因脚有痼疾，就放弃高考。今年，卧病多年的父亲，如灯油耗尽，撒手人寰。母子俩深陷生活漩涡，相扶相协，在类似泥汆中步履维艰。

刘喜儿的母亲，亲昵叫声大侄子，险些掉下眼泪，喜儿容颜腼腆，已露出心中的不安，但还是站在一旁，不吭一声，洗耳恭听。

"大侄子，婶想求你个事，"喜儿娘自觉她这句话冒着风险，也不得不说，"我探问一下，在你这儿能不能给喜儿找个活儿干。你看，婶我是不是有点儿难为你。"

刘凤麟赶紧接过话："婶，你这话说得就远啦，你能来找我，我就很高兴，跟侄子可不敢说求字，你也没早说，我也没早想，以至叫我老弟闲在家里。"

其实，像喜儿这样有文化的好青年，他早晚会想到，还未想的及，已经送上门来，真是恰好的事儿，也是缘分所至。至于身有残疾，那就更应该照顾，优先安排。这是当时面对喜儿娘的真实想法。

喜儿娘说："我只说你是个有本事的人，你们那伙人，个个能挡一面，像喜儿别说没技术，就是你能教他两下子，只怕登高爬低也做不到。"

刘凤麟说："有本事能帮助人，才叫真本事，不知道帮人的本事儿，那叫混事儿。咱村的人，只要能帮助，帮助谁，我都高兴。"

喜儿终于吐出一句话："我没本事，我跟哥你学。"

刘凤麟说："谁敢说我老弟没本事儿！高中文化就是本事。我给你的差事儿，不出半月就滚瓜烂熟了。什么差事呢？"

刘凤麟就把会计出纳角色告诉他，并让其担负起听电话，处理接待的事儿，还要使用电脑，存好文件和数据。誊写的日记账和票据必要相符，收支的几种账本须记录得符合财务审计的规定，月底写一份明晰的财物报告等。问喜儿能否胜任得了。喜儿喜出望外，喜儿娘高兴得合不拢嘴。刘凤麟的父亲、母亲和他的妻子都来祝贺。

凤麟母亲与喜儿娘对面坐着说："喜儿有这份工作真好，"她显露出一种感叹说，"眼瞅你娘俩过的熬煎，光靠地里那把粮食卖点钱不行，别说没人给说媳妇，就是有人提亲，那手里攥得几个钱，连聘礼钱也不够，不是吗。"

"谁说不是嘛，就现在家里的况当，还有喜儿那点疤错，谁肯嫁呀。"喜儿娘无奈地说。

在一旁凤麟父亲接过话茬说："喜儿有了工作，咱就可以慢慢攒钱不是，有了钱，不怕寻不上媳妇。弟妹呀，你就光等着吧，说媒的会踢破你的门槛。"

大家都乐了，小院里传出一阵欢乐的笑声。

送走喜儿娘俩，又走来施工一队队长王文亮，他和刘凤麟同是本村一块长大的发小。要论手艺，刘凤麟当是他的师傅，从扛铁锨进队，小工变领班，月挣三千工资，他总像追随美梦一样甜蜜。

"这娘俩，得了喜帖子啦，"因为他在外面碰见喜形于色的那娘俩说，"我想，你真会找人，我也思量过喜儿，是块管家的料，没错！"

"什么问题？"刘凤麟劈头一句。

"工人工资，"王文亮说，"总垫你的积蓄也不是个事嘛，我估计家底掏得差不多了，就这还欠着工人一部分工资呢！该去跟欠薪户讨要了。不然下月工资就断了。"

说起讨薪，刘凤麟真犯难，他就想不通，为什么干活容易，讨薪就这么难。

"对，讨薪去。"刘凤麟说这句话真有点儿迫不得已。

王文亮说："我兼顾一下三个工地的事儿，你就集中时间跑几趟吧。"

"就这么办。"刘凤麟狠狠拍了下大腿。

在讨薪的路上，刘凤麟回忆建队十年来，光为讨薪的事不知耗费他多少精力和时间，还真和上百户债主结缘。所谓缘分，还不尽是善缘，也有怨缘、嗔缘、恶缘的分类。有人说，结缘是前世的事，刘凤麟每闻此论，不免觉得滑稽可笑，可他有时也百般无奈地想：大概，也许，可世人谁能晓得。

欠薪户又分四类型：好讨者占百分之九十五，剩下三种：硬拖者，软推者多，更有甚者恶赖。恶赖者非但不给钱，还恶语伤人，唆使手下举棒相向，放犬恫吓，将人撵出户外，企图以赖了之，消弭你讨债的指望。

今天，去找的这位债主，是饲料公司的金万路老板。金万路品行不错，对客户笃实诚信，亦不讳语，决不闭门谢客于外。提到他的两位保安，刘凤麟像触电，怵惕并警觉。叫他反感的是，两位保安似乎有点儿性格扭曲。他们谁也不放在眼里，眼球忽闪中只有金老板。可金老板并不袒护属下，他曾见过金老板训斥他俩，说是对客户傲慢不恭，就是毁誉公司。当然，对老板他们会笑容可掬，接受批评，哪敢有半点不从。背转老板的那张脸，就像川剧变脸，便是另一个模样了，不上三言两语，就能打发你向后转，刘凤麟领教过他们横眉冷对的尊容。

刘凤麟心想，这光是欠我的债，讨债还险对打手，倘若我欠他的债，还不得或死或伤他们棍棒之下，真是不理解的恶作剧。

他在长途公交车上像过电影般敞想，在市公交车上急谋如何应对接客的两位保安，听到传出车将到站的递音，不觉转瞬车停标志一旁。他敲响饲料公司铁板似的大门，声响处，走出张虎、李豹二位保安。他们身着保安服，怒眉竖眼，露着极不耐烦地一副面孔。刘凤麟心想，坏了，今天还须谨慎些。

张虎一指刘凤麟说："敲什么敲，敲你的丧钟呀！"他甩出惯用的应对语气说，"来也没用，老板不在，不哄你，走吧走吧，回家听电话吧。"

"我就是听他的电话来的，"刘凤麟不紧不慢地说，"如果你们不信我是预约，我给老板打电话验证一下。"

说完，坐在一旁石墩上，掏出手机。

李豹说："呵呵，你还敢给老板打电话，你想往我哥俩头上泼脏水不是，"他射出睥睨的眼神说，"什么都行，唯独你不能打电话，你敢打，我俩就敢夺你的手机，看见么，往石头上一摔就碎。"

"你这是怎么说话，"刘凤麟厌恶这攻击性的话说，"我就是打个电话嘛，何必大惊小怪。"

刘凤麟的反驳激怒了二保安，他们藐视这个瘦马斤两的庄稼汉子。说话间，纵身去拽刘凤麟的胳膊，结果，倍觉用力不小，却是拉不动。张虎跑去，拿来一根警棍，在刘凤麟面前挥舞，张牙舞爪，想将对方打个灵魂出壳。

张虎说："把手机给我装起来，赶紧滚，不滚就打残你。"

刘凤麟站起来说："我找的是老板，你们干吗这样凶，怎么，还想举棒伤人，就不怕犯法？"

"你不走，我看你走不走！"

只见张虎话起棒落，横着向刘凤麟腰间扫去。刘凤麟一个旋风扫地，忽向旁边躲闪，张虎一棒又来，只觉眼前一晃，刘凤麟便和他贴胸相持，猛地掐住其手腕，稍一用力，只听他哎哟一声，手中之物就落在地上。刘凤麟已觉久留凶多吉少，转身就走。谁知李豹闻声，与张虎合流，恼羞成怒，穷追不舍。

一个前边跑，两个后边追，二保安哪里晓得被追者有一身惊奇武艺，只是不想伤他们罢了。慢说他两个，续加两个，岂能敌得住他。凤麟想：不也就是讨债一点儿事么，平素和他二人并无深仇大恨，怎忍心去伤害他们。刘凤麟脚步如飞，佯装逃命而去。

只在此刻，后边的张虎拽住李豹说："兄弟，别傻撵了，"他气喘吁吁地说，"我看这家伙有功夫，别看他跑了，那是让我们哩，真动起手来，只怕咱不是他的个儿。再者，人家打伤咱叫正当防卫，我们打伤他，叫故意伤害。无论怎样评，罪过都在咱哥俩这儿。撵跑就算了，何必动真格的，被老板知道了，还不把咱俩的饭碗给砸了。"

他俩吐着粗气朝着原路返回。

刘凤麟见二人返回，也松了口气。不觉一辆轿车在身旁戛然而止。走下来的正是他要找的金万路老板。果然是老板不在家。他想，莫非老板催贷款刚回来，还是什么原因，他猜不透。就急转身向金老板打招呼。

金老板很诧异地说："怎么一来就走，等不及啦？"

其实金老板把刚才的情形看得一清二楚。

刘凤麟不停地摆摆手，将刚才二保安如何追打他，他不得不跑的理由叙说一遍。金老板听罢刘凤麟的陈诉，不由气冲牛斗，如果二位保安此刻现前，立即会发出辞退的指令。但老练的金老板从刘凤麟的身上，看到了他宽容大度的气概，他钦佩刘凤麟容忍豁达的胸怀，相比之下，想到保安的恶劣行径，实在应该给他们好好上一课。

金老板语调诙谐地说："他们也真客气，竟把你送的这么远，还真够意思呀。"他拍拍刘凤麟的肩膀说，"你做得对，不要与他们一般见识——本来约你今天来解决那笔工钱，谁知前天发生一件棘手的事儿，也只能向后推两天，希望能理解，我跟你说的全是真话。"

金老板怒不可遏，回到办公室，叫来二保安。

"你们干的好事，可给我长脸了，"金老板劈头一句，看一眼二位保安说，"咱欠人家的债，人家有理由、有权利向我们讨要。常言说'杀人偿命，欠债还钱'自古一理。如果一时不便，也应该多做解释，恳请宽限。你们倒好，像人家欠咱的债似的，即便欠咱的债，也不能非打即骂，伤人伤心。我就不懂，你们醉了，还是疯了，谁给你们这个权利——照此下去，我们公司非毁在你们手里不可——下不为例，如若再犯粗野狂躁之癫痫，趁早给我卷铺盖走人。"

二人连连点头说："是是是，牢记不忘。"

七

　　刘凤麟昨日途遇金老板，虽然以委婉的话语又给推迟两天，但从态度观察，他今日确实有急事压身，并非觉得是诳语哄人，所以仍然揣着一颗定心丸。

　　第二天，刘凤麟也没闲下来，继续向市里跑，向另外几家欠薪户去讨要工钱，好在答复得都不错，当天就把款额如数打到他的账上。傍晚，返程的公交车上，透过玻璃窗，远眺广袤的田野，心中不由与时光交融在一起。

　　眼下已是白露季节，田野的玉米秸秆，被季节的画笔，涂上一层鹅黄，玉米叶也由下至上，还原与大地的那种土色。玉米像与路人对话，你看我长高了，成熟了。大地母亲却默不作声，风儿像传话筒：断奶，断奶，该断奶了。

　　刘凤麟十分感慨：季节的变化，总是在人们不经意间，触摸万物之身，或留下成长的标志，或留下成熟的标志。当他回顾左右坐客，倍觉跳出青年人的呼啦圈，因为他的坐姿与中年人一样安静。

　　可能是讨薪的原因，刘凤麟总赶这趟末班车。他在将要下车的路口，叫停司机，稳停右边，瞧下将尽的晚霞，健步走下车来。这时，薄暮渐临，氤氲气盛。但他走惯夜路，并不惊慌，站在路边，掏出一支香烟点燃，瞧着公路上骑车的，电动车，摩托车，风驰电掣，川流不息。他们不羡慕奔驰如飞的大小汽车，越发想叫他们更快些，好给后边留下足够的骑乘空间。

刘凤麟不禁想起，几日讨薪真辛苦，这些路人莫非和自己一样，也许各异。如果总括的话，应该各怀心事，择于不同方向，做自己不同的事情，但一日的结果，无非是四个字：喜怒哀乐。他顿时想起一个典故：问路上能走多少人？答，成千上万人。对方说，就两个人，一为名来，二为利往。想到流传的典故，不免抿嘴一笑，感叹世人富有哲理且十分精辟的总结。不过，利或报酬都从劳动中来，离开劳动毫厘难得。这只能是他瞬间的遐想而已。

刘凤麟不知道推理对不对，下意识扔掉手中的烟蒂，无须在想，朝西拔步行约一分钟，再向南拐，一条南北相向的乡间小路映入眼帘。路面仅三米宽，只在收获季节跑农用拖拉机或小"三马子"。小路距国道二百米，植种高粱，像长长的方队，将此窄道荫蔽，使人难以想象，此路设计确是奇妙得很。刘凤麟向南拐后，眺下三百米处一片杨树林，只要穿过杨树林，家乡便在眼前了。

想想已经讨回的工程钱，工友们领到应得的工资，大家手里有了钱，就可以雇收割机、播种机收秋种麦了，那是多么乐呵的事啊。生活嘛，就是互为劳动，互为报酬。你为我劳动，我为你付出，他为我劳动我为他付出，不都是为生存之计么！

刘凤麟甩开步子，大步流星，向前方树林荫翳地急趱而去。谁会想到，树林中，将有凶险扑向他。

刚入树林，无意间扭头回望，只见三个人影，像蚯蚓蠕动，正向这里蹒跚慢移。你想，那刘凤麟乃是搞建筑出身，虽然天色稍暗，也挡不住他敏锐的视线，他能在昏蒙中，直视垒砌墙壁的线条，何况暮色中的三个人物，比那晚色勾缝，要更容易辨别，按他视力，当是一清二楚的景物。只见两个青年人，像掼转羔羊，撕拉着一位十多岁的小姑娘向前移动。女童虽着时尚童装，却表露出脏兮兮的样子，小脸皱巴巴，头发还带着草屑。看来小女孩并不情愿跟着走，嘴里不住劲喊:"叫我回家,送我回家。"那二人也不作声,只顾拉拽着孩子,向树林这边走来。

他们拉小孩子于树林边停下,探头探脑,像刚钻出洞口的老鼠。这时刘凤麟不知是吓还是惊,一颗心像提到嗓子眼,他奇怪,他惊惧,也疑惑,一种不祥之兆涌上心头。他急忙从一棵树后,又隐于另一棵树后,感觉呼吸急促,嘴喷气流如线。尽管悄然无声,还是担心被他们窥见。

这二人如拖羔羊至杀床,小姑娘仰躺二人拉臂之间,脚蹬地,沙沙之声擦响,划出两道沟痕,树上巢鸟惊群。只是二人不听乞怜之声,硬拖小姑娘前行,向树林稠密处插入。

只听孩子左边一声叔叔,右边一声大哥哀求,只是二人不听乞怜之声。

小姑娘终不舍求生之欲,悲音嘎嘎地说:"你们别害我,我还小啊,我怕死。我决不会告诉爸妈,就说是自己走丢的,求求你们,放了我,行吗?"

只见一人龇牙咧嘴吼道:"别嚷嚷,"他这一句,像深夜狼嚎,那样瘆人,那样暴戾。

这时的刘凤麟紧紧尾随三人之后,由这棵树,越到另一棵树,他灵巧的身段,在树的间隔之间,自由移动身影,竟不出半点响动。他的腿脚,不由自主带出太极的功夫,身轻如燕,又似微风吹拂杨柳,似乎只有脚下的青草,才知太极跳跃的神功。他想一探虚实,并琢磨解救孩子的机会。像他这样善良的人,倘若在他眼底下,眼睁睁看着孩子被害,那就是可忍,孰不可忍。因此救助之胆涌起,除害之心猛增,自觉骨动筋崩,气力涌积两掌。他使出踏草如飞的本领,临近三人两米远近,贴身一大杨树背后,侧看并隐听动静。

果然不出所料,这是一起绑架、撕票、灭口的罪恶,其用心何其毒狠，只怕顷刻间，要酿成凄惨大祸。猛然间，两个小子掏出一根尼龙绳，将小姑娘系在碗口粗的一棵小白杨上，小白杨忽悠忽悠，摇动得有树叶不情愿飘零于地，就像姑娘滴滴眼泪而落。他们用一块折皱且带污渍的手绢塞住姑娘的嘴巴，姑娘欲哭无声，泪流满面。又从一旁黑塑料袋，用脚踢出两个输液瓶子，瓶子里装着汽油，拧开塞子顿时气息刺鼻。听一个说："小心！"很谨慎各拾一瓶在手，劈头盖脸浇向姑娘娇嫩的身体。说："小崽子，别怨天，别怨地，也别怨俺，只因你认识俺俩，你就得死。你不死，我们就得死，你死了我们侥幸能保命。没有人来救你，神仙也不会知道你在这儿，你去死吧。"

姑娘溟濛中彻底泯灭了生还的希望，无力低下头只等一死，那魂魄已丢掉七分。另一个急切地说："大哥，动手吧！免生事变。"他把叼在嘴里的香烟紧嘬了一口，举起猩红的烟头在眼前晃一晃，红光之下，射出夜狼般似的绿光，他只要向姑娘一掷，霎时，姑娘就会被熊熊烈火吞噬。就在这万分危急时刻，隐于树后的刘凤麟似话音之速，风扫之疾，只见脚踏地，入地三分，手叉腰，亚赛钢架，眼直视，咄咄逼人。一个箭步便跃到二人面前，像一堵铜墙铁壁，挡住了袭击姑娘的灾星。

刘凤麟怒斥道："好你两个孬种，你们知道这是啥地方？"

刘凤麟情急之中，讲出树林古老的典故。这是佛祖讲经之地，菩萨行善之所，圣地圣所，岂容你们涂炭生灵，还敢残杀孺子。我劝你们，敛手可恕，作恶必惩！

刘凤麟疾言厉色，如同狮吼："向后退，退十步。"

二歹徒如在梦中，在醉中，在阴曹又似还阳。一个揉揉眼，一个摸摸腚，只见弯腰弓腿，伸脖探脑，惊吓万状，呆若木鸡，直往后挪。他二人惊悚稍缓，唇齿颤抖地说："你是谁？"

"救她的人！"刘凤麟斩钉截铁地说。

"救她的人，活见鬼，你不是神，也不是鬼，"见刘凤麟身板清癯，赤手空拳，并不放在眼里说，"小子，你当横，没你得好，只怕你死在这里，神鬼都难以闻讯。"

另一位像摽着劲儿说："小子，你今天是死定了，"他耸耸肩膀说，"大哥，跟他废什么话，一不做，二不休，毁了他！"

"呸，你死到临头还口吐狂言"凤麟怒不可遏。

只见二歹徒将烟头忽地抛向刘凤麟，被他一掌挡回，不偏不斜，正好回射高个脸上，他手一捂，烧得哎哟一声。两人凶相毕露，各自掏出折叠的匕首，在手中摇了摇，暮色下寒光逼人。刘凤麟如钢柱入地纹丝不动，直视眼前两恶棍搦战的丑态。突然，二人以饿虎扑食之势，持两把匕首直向刘凤麟胸前刺来。只见凤麟并不慌忙，急蹲又跃起，连两人都没看清，怎么握刀的手像被钢钳之力死死攥住，在左摇右晃中，二人的匕首像朽树残枝，双双落于尘埃。掐住的手不仅痛，那疼痛由经络传之四骨八节，松酥的双手完全丧失还手之力，却不停地抖，不能自止。

刘凤麟将丧心病狂的二人，拽到眼前，杀机不由萌动。生命攸关时刻，他的脑海神经骤然有一信号作响，师傅的临行嘱咐耳鸣：不到万不得已，不可伤人。想起师父的话，杀心渐收，杀气锐减。他已将歹徒擒获在手，谅他们丧失妄为之能。又回首姑娘，虽惊吓，并无大碍。如果尚下狠手，也只在一掌瞬间，便可结果二人性命，如若泄愤，不免防卫过当。也罢，不如敦促他们投案自首，法院定罪，重新做人为好。

他又一闪念，我虽善，他不善，虽已制恶，且不能麻痹，譬如说，缚虎，不可不紧，必须断死他们反扑的企图。对，也要给他们点苦头。

想到此，对不停浑身打战的二人说："你们犯罪的起因，我问姑娘便知，我救了姑娘，姑娘大难不死，也是救了你们。就此罢手，不可再去胡作非为，投案自首免受重罪，不听我教训，只怕死路一条。"

说完，将握着南边这位的手，一拉一推，说声，去！只听那家伙脚下噌噌划地声，他竟被发至数丈之远，咚的一声，就靠坐在一棵杨树旁。北边这个像一头嗷嗷嘶叫的蠢猪只喊救命，凤麟将缓过劲儿，伸出一掌只轻轻一拍，就见他哧溜溜滑地如冰，倒退到来的路口，扑通坐地，上气不接下气。这是一位小个子，一手硬撑着，慢悠悠站起，去拉还坐在树旁的大个子。

大个子晃悠着说："兄弟，这人功夫厉害，咱哪里敌得过，赶紧跑吧，要不然非把命搭在这不可。"

二人相扶，一跛一跌向北跑去。刘凤麟佯装追赶了几步，尾随他们前去的背影，在初降夜幕的朦胧中，望见二人钻进路尽头停靠的小轿车里。原来小姑娘是他们用车拉到这里的。他心想，这两个家伙怎么知道这片小树林，莫非来过？抑或许……

现在不允许他多想什么，急转身跑回原地，捡起两歹徒的匕首，割断捆绑姑娘的绳索，摇摇还处在昏迷中的姑娘，刘凤麟终于将这位素不相识的孩子，从鄠城路上给拉回来。小姑娘睁开惺忪的双眼，滞呆凝视刘凤麟许久，又像受到惊吓，把眼闭上。刘凤麟这才细瞧姑娘貌相，黑黑童发，梳两根羊角小辫，鸭蛋脸面庞，浓浓眉毛，睑嵌黑黢黢睫毛，穿一身时尚的花连衣裙。刘凤麟思忖，小姑娘不像是乡村里的毛妮。

刘凤麟好不伤心，紧紧抱着姑娘呼唤："孩子醒醒，你醒醒呀！"小姑娘再次被震醒，又一次睁开双眼似梦呓之语："我没死吗，我想回家。"刘凤麟贴着姑娘的脸说："好孩子你没死，你这么漂亮的小姑娘怎么会死呢，要死也是那些坏蛋。那坏蛋叫叔叔给打跑了，好姑娘不怕，叔叔救了你，明天叔叔就送你回家，好吗？"

刘凤麟感觉此地不可久留，也顾不得许多，脱掉她被汽油浇过的裙子，T恤和内裤，继儿他扒下自己肥大且能顶小姑娘一身的褂子，掏出口袋里的烟和打火机，丢进旁边的草丛里，然后给小姑娘穿在身上，并将浇上汽油的衣服卷作一团，两把匕首也裹在里边，用那根绳索捆紧，结个套儿跨在自己脖子上，背起小姑娘，在茫茫夜色里，他马不停蹄，疾步向村里走去。

八

刘凤麟今天回家又恋黑儿。

他的父母、妻子、儿女，总为他恋黑牵肠挂肚。人总好这样想：望归者应归时却未归，虑凶者多，思吉者少，焦急之心萦怀不消。惦记人，最损伤人的精神。

"老鸹野雀都钻窝了，"刘凤麟的父亲里走外转焦虑不安地自言自语，"你光说，这挣个钱容易吗，撇家撇业的——你说也是，做你的工，你欠人的钱，讨这点钱，害得人左一趟右一趟的跑，不是规矩嘛！没有金刚钻就别拦人家的瓷器活，什么闹手！"

老伴问："你在院里唠叨啥？"

话音刚落，只见刘凤麟脖系衣团儿，光着膀子，背上背着个穿他衬衣、梳着羊角辫的小姑娘，气喘吁吁走进院子，直着嗓子喊他媳妇："俊香呀，快准备洗澡水，接孩子洗澡。"而他大汗淋漓，却毫无利己之念,哪会去想自己更有冲凉的必要。

刘凤麟这种扮相,把一家人惊讶得目瞪口呆。妻子俊香赶忙接下他背上的孩子,刘凤麟也解下脖子上所系的一团衣服扔到墙边。小姑娘被抱到十分清洁的浴室。她看见这么漂亮的大婶抱着自己,像闻到妈妈的乳香之味,那心里就甭提多么踏实和欣慰。

刘凤麟喝一口母亲端来的水,坐在一个小杌子上将前因后果叙述一遍,只吓得二老不由身打冷战,口念阿弥陀佛。父亲只在院子里转圈,忽然回身像往昔赞扬刘凤麟做了好事儿的声调说:"麟儿,你做得对,做得好,叫谁也得拼命救这姑娘,救人一命胜造七级浮屠。缘分,这是缘分,这就是你跟这孩子有缘分,跟他父母有缘分。你善根深厚,你为自己种下了福田呀!"刘凤麟听父亲讲出佛教理儿,可这道理用在他见义勇为的举动上还真恰如其分。父亲劝慰着流泪的母亲说:"别伤心了,孩子救下了就万福金安。孩子还能不饿吗,赶快去煮两碗挂面,多卧个鸡蛋。"

洗完澡,吃完一碗稠嘟嘟鸡蛋挂面,灯下小姑娘就像换了一个人,越发显得婀娜俊美。刘凤麟的小女儿刘梅,家里人常呼之梅儿。她生得也异常俊俏,与被救的小姑娘同岁,个头儿相差也不过分毫,俩姑娘依偎在一起,形同姐妹一般。妻子宋俊香给姑娘换上刘梅一身最新的衣裳,用一块雪白的毛巾轻搓姑娘尚湿的童发,嘴里愤恨地说:"这么好的姑娘被俩小子祸害成这样,简直猪狗不如。我们姑娘命大,遇到叔叔救了你,以后呀,准成大事哩。"俊香又安慰又勉励,其用意在于解除姑娘的惊恐心理。

刘凤麟坐在沙发上,吊着的那颗心终于落下来,他笑眯眯看着眼前温馨和谐的场面十分开心。尤其妻子那动中带柔,柔而含温,举止轻盈的身姿,他仿佛觉得妻子很美,他突然觉得妻子动中之美是她体态的美中之美，他过去好像没太在意妻子动态之优雅。

他最终还是将眼神投射到小姑娘的身上。"叔叔还没问你叫什么名字，家在哪里呀？"刘凤麟温和地问道，"他们为什么劫持你呀？"

小姑娘总算从魔境中走出来，告诉刘凤麟她家住市里。说："我叫金锦，我爸爸叫金万路，在市郊经营一家饲料公司。"小姑娘继续很平和且谨慎地说："我和我妈在市里住。"

"金万路，饲料公司？"刘凤麟自言自语重复着姑娘的话说，"你是金万路的女儿？"

姑娘说："叔叔认识我爸爸？"

刘凤麟说："认识认识，"他很激动又很兴奋地说，"我早听说金万路有一位如花似玉的姑娘，不想竟把你背到我家里来啦。我们叔侄俩有缘分，我们两家有缘分呀。"说完哈哈大笑，那气氛立即就欢忻起来，小姑娘脸露绯红也微微笑起来。

小金锦说："我就是爸爸催货款回来那天，被他俩骗上车劫持的。他俩我认识，一个叫常游手，一个叫艾好闲。骗我说爸爸出车祸正在医院抢救，当知道受骗，我已经被他们控制的不由自主了。"说完，潸然泪下，泣不成声。

刘凤麟说："他们的目的是敲诈你爸爸的钱？"

小金锦说："他俩原是我爸爸公司的工人，染上赌博的习气，债台高筑，我爸说，他们把全公司职工借遍了。上班也成了三天打鱼两天晒网，并还不止一次盗窃公司的物品，屡教不改，我爸忍无可忍就辞退了他们。因为我认识他们，他们就害我灭口。多亏叔叔你救了我，要不然我就永远见不到我爸妈了。"

刘凤麟认识金锦的爸爸，可他在家人面前从未提到金万路的名字，他的妻子不免惊讶。他怎么好面对姑娘说出他爸爸欠薪的事儿。

不光金锦的爸爸，别的欠薪户也从不在家里说起。至今讨薪本来已成难事，他总是难在自身不会泄愤于家。男子汉在困难时勇于承当，方展他做人的胸怀。

刘凤麟现在意识到，当下面对孩子的真正意义，不是讲与她爸爸关系如何，应该是稳定孩子的情绪，撕破笼罩她的魔网，打碎紧箍她的精神枷锁，恢复她无所顾忌的天真的童心。

想到这儿，刘凤麟说："外面的天空真晴朗，星星闪闪眨巴着眼，明天准是大好天。明天叔叔就送你回家，"看姑娘点头他又说，"今晚要美美睡一觉，有劲有精神我们才好走路呀。"

妻子俊香说："今晚俺娘仨就睡在一起。"

"那我叔睡在哪儿呀？"

这小金锦对刘凤麟有极强的依赖性，离开这张保护伞，她就像失掉安全感，她不愿离开刘凤麟一分一寸。宋俊香能猜透姑娘的心思，她也有说服她的方法。

"你呀不用怕，知道你离不开你大叔，可你大叔更离不开你呀，他呀就睡在咱旁屋，"宋俊香看着姑娘不解的样子说："你大叔今晚跟他爸妈睡一个屋。"

宋俊香说话的口气，解决刘凤麟的住处，就像安排一个小男孩儿歇宿似的，大家不由都呵呵笑起来。

宋俊香一夜半醒半睡，时不时轻扶缓拍梦中惊吓的小金锦，当小金锦完全沉睡平稳，时光已至黎明。她推醒左边的女儿，瞧瞧睡意沉沉的金锦，娘俩悄不声离开房间。

刘凤麟和父母早坐在院里，宋俊香指指屋内示意他们说话悄声些，姑娘正在酣睡不止。

宋俊香打发一家老小吃完早饭，题另为金锦炒一盘腌肉油菜和一盘韭菜鸡蛋，一块儿放在馒头稀饭锅内温着，静候金锦起床用餐。

刘凤麟做着送姑娘的准备工作，他将浇过汽油的衣服、两把匕首装进两层塑料袋里，让媳妇找来一块粗布，裹了又裹，缠了又缠，直到让人闻不到窒息的刺鼻味。正要放进挎兜的时候，他的母亲走过来。

"这么腌臜的东西你还放在兜里，给我，放在灶里烧了算了。"他母亲执意要烧，而且很有理由地说："你带它叫孩子知道了多伤心。"

刘凤麟说："这个你不懂，这就是诉诸罪犯于公堂的证据。"

母亲点点头，表示领会了此物的意图，并把装好的包儿，帮刘凤麟挂在墙上。凤麟低着头琢磨着，姑娘思家的心情，一定十分迫切，醒来第一件事，恐怕催促归程。可现在，已是上午九点钟，怎么也赶不上头班车了。他担心，如果下午赴市，就怕无车返回，又让家里惦记。为此事不值当拖累家人，他实在没有将自己想得多么光荣伟大，只认为和孩子及家人结个善缘而已。

果然不出凤麟所料，小金锦十点才醒，醒来第一句话："叔叔咱什么时候走呀？"她不知道，从昨晚至今晨，足足睡了十二个钟头。长长一枕梦境，将昨日的困苦、悲伤、惊吓，都被梦河的涓流荡涤已尽。

宋俊香只好改早饭为午饭。刘凤麟安慰姑娘说，不管早晚，他不会动摇送姑娘回家的计划。

临走，一家聚首门口，金锦姑娘经历一场生死磨难像成熟许多，她向爷爷奶奶、叔叔婶婶深深鞠躬："谢谢你们救了我，我一生都不会忘记你们的救命之恩，我会常来看你们，你们多多保重。"说完扑到俊香怀里失声痛哭，一家人不由凄然泪下。

一辆电动三轮车由俊香开着，后边载着凤麟和金锦姑娘，向公路的候车点急速驶去。

九

自从金锦被刘凤麟救下,二歹徒便驾车仓皇逃窜。他们非但不思悔改,反而变本加厉,越发丧心病狂,重新污作犯罪阴谋,企图在孩子回家之前,继续向金万路敲诈勒索。

艾好闲对开车的常游手说:"大哥,咱就听他的,洗手不干么?就是洗手也脱不了干系,索性一不做二不休,不能放弃要钱的机会。只是那孩子,现在还搁人家手上,这倒是难事儿。"

这时常游手握着方向盘在思谋:他对救人的这位汉子并不认识。事儿怎么就那么寸,觉得救人的是鬼呀,还是位神,真叫他大惑不解。这个救女孩的神影若是人,他身存何方,姓名何称,根本搞不清楚。他心一横,不管他,爱谁谁。他有了比艾好闲更诡诈的圈套。

常游手说:"你怎么这么傻,这么笨,是猪脑子呀。咱就不能佯称孩子还在咱手里么,你告诉孩子被人救了,只怕连个钱影子叫你也摸不着。就是傻子也不会告诉他实话,懂了吗?"

他们定下的臊招是,向金万路勒索一百万元不变,交钱的地点,在洋河桥下,第八个水泥墩旁。若夤夜一点不见款,谎称撕票,仍诈以威胁。

艾好闲献媚地说:"并恫吓他不许报案,自告知之时必须关机,"他向常游手挤眉弄眼说,"不听咱言,叫他们活不见人死不见尸。"

常游手狰狞般地冷笑一下说:"好你小子,并不笨呀,鬼点子比我不次嘛。现在孩子都装进保险柜啦,还扯什么不见人不见尸呀,真能胡诌，哈哈哈！"

正当俩歹徒向金万路打去勒索电话之时，亦正逢刘凤麟与金万路联系之际，只可惜晚一步，金万路的手机处于停机状态，真无可奈何。

这两个家伙，要求赎金的时间，正是刘凤麟送到金锦姑娘这天晚上。俩歹徒哪里知道，人算不如天算，罪恶愈重，报应愈速。公安人员早已布下一张大网，正待两条乌贼向里游呢。

按着王副局长的嘱咐，在夜里十二点，金万路和爱人带着一大捆包裹好的一百万大钞，悄悄摸到那常干涸无水的桥墩之下，放妥钱便上桥，开车返回隐蔽处。渐进一点钟，只见由南向北开来一辆轿车，在北桥头发出吱吱刹车声。然后一个黑影，由车里跳下，摸向河床，直奔第八个桥墩而去。他在黑暗中，摸摸索索，抓住那捆钞票后，像受惊的兔子连跑带窜，从石坡爬上桥去。

"孩子呢？"参战刑警和金万路夫妇，在心里几乎打出同一个问号。

"不好。"王副局长心里咯噔一下，一个危险信号引起他的警觉：孩子有罹难之危。但又想，不能啊，他们是冲钱来的，何必残害孩子，孩子莫非控制在第三者手里么。"追！"他立即向刑警队发出紧急出击令。一辆埋伏的警车呼啸着，急速追向北逃的匪车。王副局长所带领的一路，继续在原地蹲守，以观变中之变，防备别的异情出现。

金万路夫妇见钱被掠走，孩子潜无踪影，在蹲点处如坐针毡，备受煎熬。忽听副局长说，莫非还有第三者，金万路突然想起家里会有什么情况。这两日真有风声鹤唳，草木皆兵之感。他拿出手机示意王副局长可否开机，副局长点头。他打开手机，只见屏幕显示十多个未接电话，全是保安张虎打来的。他急切拨通电话：

"又有什么事儿，"金万路略显烦躁说，"告诉你们不要打电话给我嘛！有什么事儿快说，不要啰唆。"

张虎在电话中说："孩子给送回来啦，现在你办公室里。送孩子的人你猜是谁？刘凤麟。"

"你说什么，是吗？孩子怎么样，身体还好？"金万路顿觉说话气喘吁吁，说："快叫孩子听电话。宝贝，你可叫爸妈想死了，你好吗？"

"爸爸我可好啦，我可想你们啦，你和妈赶紧回来吧！"小金锦在电话里说得很激动。

又是张虎的声音："刘凤麟那小子叫我们监管着，光等你回来审问呢。"

金万路将孩子已然送回家的消息告诉王副局长，王副局长也显得懵懂，指示撤队。他带两位警察，随金万路夫妇的车，急速往回赶。因为此地离市里一百公里，到家已是黎明时分。

一进公司办公室，只见小金锦放开刘凤麟牵的手，像风儿一样扑到金万路的怀里，父女痛苦悲动众人，个个唏嘘不已。妈妈拉过小金锦，将女儿紧紧搂在怀里，亲昵中喃喃安慰。

张虎、李豹拉住金万路和王副局长于一旁，悄声说："我说什么来着，咱欠他的工钱，他到底绑架了咱的孩子，狠毒！"

王副局长摇摇头，金万路瞪了二位一眼。因为他们看到孩子精神焕发，衣服崭新，哪有绑匪如此的善待之理。金万路依然上前握住刘凤麟的手："谢谢你送孩子回家。"他现在只能这么说，前因后果他毕竟还不晓得。

刘凤麟把话一转说："我知道你们有话要问我，"他又对王副局长说，"我跟公安同志去做笔录。"

小金锦急忙跑过来说："是叔叔救了我，我可不能叫叔叔跟你们走，我怕你们欺负他。要去我也去，爸爸也去，不然我不叫带走叔叔。"

王副局长笑着说："好姑娘不要担心，你叔叔是个好人，叫他去局里，是听他讲救你的故事，我们可不敢为难救姑娘的恩人呀。"

车行途中，王副局长接到刑警队长的电话："二歹徒在市洗浴中心被抓到，一个叫常游手，一个叫艾好闲。那被劫的一百万元整捆未动，人赃俱获。问被劫女孩的去向，说是被一人救走了，地点在离市一百公里处一小树林内"。王副局长告诉说："一切明白，将嫌疑人押回市局候审。"

两辆车子急速向市公安局驶去。

十

三天内，刘凤麟把所有欠薪全部讨回。

金万路除兑现十万元的工程款，执意外加十万元，作为救女儿的报答。刘凤麟哪里肯收，再三婉言谢绝，急得金万路直跺脚：救命之恩不报还算人吗，两人言来语去，争得直掉眼泪。他非要刘凤麟说出不接报酬的理由，刘凤麟说，理由只有两个字：缘分。

金万路实在难辞厚礼报答。他想，若真心报答，并非要当面锣，对面鼓，明赠实送于他，理由、办法、途径总是有的。必须想一个策略，寻觅一条蹊径，让对方感觉到，既合情又合理才是。想到此，眉头一皱，计上心来。

"好啦，我说不过你，"金万路转忧为喜地说，"咱不提钱的事啦，我非常赞成你说的缘分，没有这个缘分就没有她第二次生命，你和我女儿结的是善缘呀！"

其实金万路十分服帖刘凤麟说的缘分。缘分真的很奇妙，姑娘和刘凤麟相遇，好像只能用缘分来解释。缘分又是看不见摸不到的天意，缘分不到，尽管近在咫尺，却如隔山隔水。如若有缘，就应那句话，"有缘千里来相会"了。缘分的神秘之处，就在于只能随缘，不可攀缘。金万路又想起对刘凤麟的报答，人家不受，是机缘没成熟，一旦机缘成熟那将水到渠成。

那还说什么，赶紧把十万元工程款打到刘凤麟的账户上吧。

那日，刘凤麟家的小院热闹起来，他把全队的工友一个不落地请到家里，干吗，发工资呗。院里挨个数，满院四十多人。主管会计刘喜儿，胳膊掖个本子，手提皮包，一跛一跛走到摆好的桌子前，不慌不忙放下，一把一把向外掏，掏出吸引眼球的一沓沓人民币。他唱念式地喊："杨玉俊！"

"有！"

"六个月的工资，共计一万八千元，已领九千，还欠九千，对吧？"

"对对，铁算盘算的还有错呀。"有管发钞者将崭新的钞票刷刷地数给对方。刘凤麟掏支烟点着，蹲在一旁，笑眯喜样，看着工友拿走应得的工资，像老牛释重似的，显得格外轻松。

蓦然间，金万路领着妻子、女儿进得门来。这始料未及的造访，引来几十双惊愕的眼睛，因为多数工友认识金万路，立刻致以亲切的问候声。他们一家三口，各自拎着大小不一的礼物，被刘凤麟一家簇拥到屋里。

刘凤麟见义勇为的事迹，只这两天就不胫而走，传遍十里八乡。出于对金万路一家人的理解和对刘凤麟的尊重，副队长王文亮进屋对刘凤麟说:"还有什么事要说?大家要求若没事儿就各自回家。"没等刘凤麟开口,就听金万路说:"我想给工友们说几句话。"王文亮忙说:"欢迎欢迎。"三人厮跟着出来,金万路站在领钱处说了两件事:

一是上级批准授予刘凤麟见义勇为的光荣称号,并在三日后参加市里召开的表彰大会。他说,当然,这得由公安部门正式通知,我只不过旁获了这则消息。

二是对拖欠工程款表示道歉,下不为例。等收秋种麦以后,还要把饲料公司第二个仓库的建筑工程承包给你们。不过,请大家放心,我绝不会拖欠工程一分钱。

大家热烈鼓掌。刘凤麟和金万路向陆续离开的工友挥手道别。